宋·孫光憲 撰

北夢瑣言

（一）

中國書店

詳校官編修臣裴謙

臣紀昀覆勘

欽定四庫全書　　子部十二

北夢瑣言　　小說家類　雜事之屬

提要

臣等謹案北夢瑣言二十卷宋孫光憲撰光憲字孟文自號葆光子十國春秋作貴平人而自題乃稱富春攷光憲自序言生自岷峨則當為蜀人其曰富春蓋舉郡望也仕唐為陵州判官旋依荆南高季興為從事以文學

知名後勸高繼沖以三州歸宋太祖嘉之授
黃州刺史以終舊以為五代人者誤也所著
有荆臺集橘齋集玩筆傭集鞏湖編玩蠶書
續通歷紀事等部皆久亡惟是書獨傳於後
以左傳有田於江南之夢而荆州在江北故
以命名所載皆唐及五代時士大夫逸事每
條多載某人所說以示徵信雖詮次微傷叢
碎實可資史家攷證之助宋李昉等編太平

廣記采掇尤多明商濬刻入稗海中而所據
本脫誤特甚今所傳乃元時華亭孫道明所
藏則猶宋時陝西刋本之舊也乾隆四十九
年十月恭校上

總纂官臣紀昀臣陸錫熊臣孫士毅

總校官臣陸費墀

北夢瑣言序

唐自廣明亂離秘籍亡散武宗已後寂寞無聞朝野遺芳莫得傳播僕生自岷峨官於荆郢咸京故事每愧面牆游處之間專於博訪頃逢故鳳翔楊玭少尹多話秦中平時舊說常記於心他日渚宮見元澄中允欵狎笑語多符其說元公謂舊宅一二子弟曰諸賢生在長安聞事不逮富春此則存好問之所宏益也厥後每聆一事未敢孤信三復參校然始濡毫非但垂之空言亦欲

因事勸戒三紀收拾筐篋爰因公退咸取編連先以唐朝達賢一言一行列於談次其有事類相近自唐至後唐梁蜀江南諸國所得聞知者皆附其末凡纂得事成二十卷禹貢云雲土夢作乂傳有畋於江南之夢鄙從事於荆江之北題曰北夢瑣言瑣細形言大即可知也雖非經緯之作庶勉後進子孫儻希仰前事亦絲麻中菅蒯也通方者幸勿多誚焉

欽定四庫全書

北夢瑣言卷一

宋 孫光憲 撰

宣宗稱進士

唐宣宗皇帝好儒雅每直殿學士從容未嘗不論前代興亡頗留心貢舉嘗於殿柱上自題曰鄉貢進士李某或宰相出鎮賦詩以贈之詞皆清麗凡對宰臣言政事即終日忘倦洎僖宗皇帝好蹴毬鬬雞為樂自以能於

步打謂俳優石野猪曰朕若作步打進士亦合得一狀元野猪對曰或遇堯舜禹湯作禮部侍郎陛下不免且落第帝笑而已原其所好優劣即聖政可知也

李太尉英俊

太尉李德裕神俊憲宗賞之坐於膝上父吉甫每以敏辯誇於同列武相元衡召之謂曰吾子在家所嗜何書意欲探其志也德裕不應翌日元衡具告吉甫因戲曰公誠涉大癡耳吉甫歸以責之德裕曰武公身為帝弼

不問理國調陰陽而問所嗜者其成均禮部之職也其言不當所以不應吉甫復告元衡大慙由是振名

鄭光免稅

宣宗舅鄭光勅賜雲陽鄠縣兩莊皆令免稅宰臣奏恐非宜詔曰朕以光元舅欲優異之初不細思是免其賦爾等每于匡救必盡公忠親戚之間人所難議茍非愛我豈盡嘉言庶事能如斯天下何憂不治有始有卒當共守之尋罷蓧光子同寮嘗買一莊喜其無税乃謂曰

天下莊產未有不征同寮以私勝見拒爾後子孫為縣
宰定稅求祈不暇國舅尚爾庶寮胡為

再興釋教

武宗嗣位宣宗居皇叔之行密遊外方或止江南名山
多識高道僧人初聽政謂宰相曰佛者雖異方之教深
助理本所可存而勿論不欲過毀以傷令德乃遺下詔
會昌中靈山古跡招提棄廢之地並令復之委長吏擇
僧之高行者居之唯出家者不得妄度也懿宗即位唯

以崇佛為事相國蕭倣裴坦時為常侍諫議上疏極諫
其略云臣等聞元祖之道用慈儉為先素王之風以仁
義是首相沿百世作則千年至聖至明不可易也如佛
者生于天竺去彼王宮割愛中之至難取滅後之殊勝
名歸象外理出塵中非為帝王所能慕也廣引無益有
損之義文多不錄文理婉順與韓愈元和中上請除佛
骨之表異也懿皇雖聽覽稱獎竟不能止末年迎佛骨
纔至京師俄而晏駕識者謂大喪之兆也

鄭氏女廬墓

唐大中年兖州奏先差赴慶州行慶押官鄭神佐陣没其室女年二十四先亡父未行營已前許嫁右驍雄軍健李元慶未受財禮阿鄭知父神佐陣没遂與李元慶休親截髪徃慶州北懐安鎮收亡父遺骸到兖州瑕丘縣進賢鄉與亡母合葬訖便於塋内築廬識者曰女子適邊取父遺骸合葬烈而且孝誠可嘉也廬墓習于近俗國不能禁非也廣引禮經而證之

日本國王子棊

唐太宗朝日本國王子入貢善圍棊帝令待詔顧師言與之對手王子出本國如楸玉局冷暖玉棊子葢玉之蒼者如楸玉色其冷暖者亦冬暖夏凉人或過說非也王子至三十三下師言懼辱君命汗手死心始敢落指王子亦凝目縮臂數四竟伏不勝廼謂禮賔曰此第幾手答曰其第三手也王子願見第一手禮賔曰勝第三可見第二勝第二可見第一王子撫局歎曰小國之一

不及大國之三此夷人也猶不可輕况中國之士乎蓀光子曰蜀簡州刺史安重霸黷貨無厭部民有油客千者姓鄧能棊其力粗贍安輙台與對敵只令立侍每落一子俾其退立于西北牖下俟我筭路然後一作始進之終日不下數子而已鄧生倦立且飢殆不可以堪次日又台或有諷鄧生曰此侯好路本不為棊何不獻效而自求退鄧生然之以中金十鋋獲免良可笑也

駮杜預

大中時工部尚書陳商立漢文帝廢喪議立春秋左傳學議以孔聖修經褒貶善惡類例分明法家流也左丘明為魯史載述時政惜忠賢之泯滅恐善惡之失墜以日繫月修其職官本非扶助聖言緣飾經旨蓋太史氏之流也舉其春秋則明白而有實合之左氏則叢雜而無徵杜元凱曾不思夫子所以為經當與詩書周易等列丘明所為史當與司馬遷班固等列取二義乖剌不侔之語參而貫之故微旨有所未周琬章有可未一

文多不載又睹吳郡陸龜蒙亦引啖助趙匡為證正與陳工部義同蓀光子同寮王公貞範精於春秋有駮正元凱之謬條緒甚多人咸一作或訝予獨鄙夫嘗以陳陸啖趙之論竊然之非苟合也唯義所在

李太尉抑白少傅

白少傅居易文章冠世不躋大位先是劉禹錫太和中為賓客時李太尉德裕同分司東都禹錫謁于德裕曰近曾得白居易文集否德裕曰累有相示別令收貯然

未有披令日為吾子覽之及取看盈其箱笥没于塵坌既啓之而復卷之謂禹錫曰吾于此人不足久矣其文章精絶何必覽焉但恐廻吾之心其見抑也如此衣冠之士一作內並皆忌之咸曰有學士才非宰臣器識者子其答制中見經綸之用為時所排見賈誼在漢文之朝不為卿相知人皆惜之葆光子曰李衛公之抑忌白少傅衆類而知之初文宗命德裕朝中朋黨首以楊虞師牛僧孺言楊牛即白公密友也其不引翼義禮在于斯

非抑文章也慮其朋比而掣肘也

牛僧孺奇士

相國牛僧孺字思黯或言牛仙客之後居宛葉之間少單貧力學有倜儻之志唐永貞中擢進士第時與同輩過政事堂宰相謂曰掃廳奉候僧孺獨出曰不敢衆聲異之元和初登制科歷省郎中書舍人御史中書門下平章事揚州建州兩鎮東都留守左僕射先是撰周秦行記李德裕切言短之大中初卒未賜諡後白敏中入

相乃奏定謚曰簡白居易曰文葆光子曰僧孺登庸在德裕之先又非忌才所能掩抑令以牛之才術比李之功勲自然知其臧否也且周秦行記非所宜言德裕曰論而罪之正人覽記而駭之勿謂衛公掩賢妬善牛相不罹于禍亦幸而免

令狐滈預拔文解

唐大中末相國令狐綯罷相其子滈應進士舉在父未罷相前預拔文解及第諫議大夫崔宣上疏述滈弄父

權勢傾天下以舉人文卷須十月前送納豈可父身尚居于樞務男私拔其解名干撓主司侮弄文法恐姦欺得路孤直杜門云云請在御史臺推勘疏留中不出蓀光竽曰令狐公在御史之初傾陷李太尉唯以附會李紳而殺吴湘又擅改元和史又言賂遺閹宦殊不以德裕立功于國自儉立身掎其小瑕忘其大美洎身居巖廟别無所長諫官上章可見之矣與朱崖之終始殆難比焉

劉三復記三生事

唐太和中李德裕鎮浙西有劉三復者少貧苦學有才思時中一作王人賫御書至以賜德裕德裕試其所為謂曰子可為我草表能卒就一作構或歸以創之三復曰文理貴中不貴其速德裕以為當言三復又請曰漁歌樵唱皆傳公述作願以文集見示德裕出數軸與之三復乃體而為表德裕嘉之因遣詣闕求試果登第歷任臺閣三復能記三生事云曾為馬常患渴望驛而嘶傷其

蹄則心速痛後三復乗馬過磽确之地必為緩轡有徹石必取之其家不施門限慮傷馬蹄也其子鄴勑賜及第登廊廟上表雪德裕以朱崖神櫬歸葬洛中報其先恩也士大夫美之

秃角犀

杜邠公悰司徒佑之孫父曰從郁歷遺補闕令悰尚憲宗岐陽公主累居大鎮復居廊廟無他才未甞延接寒素甘食竊位而已有朝公貽書於悰曰公以碩輔敦厖

之德生于天明之運矢厥謀猷出入隆顯極言讜之文多不録時人號為禿角犀凡涖藩鎮未嘗斷獄繫囚死而不問宜其責之嗚呼處位高而妨賢享厚祿以豐己無功於國無德於民富貴而終斯又何人也子孫不享何莫由斯

魏文貞公笏

唐文宗皇帝謂宰相曰太宗得魏徵采拾闕遺弼成聖政令我得魏謩於疑似之間必極匡諫雖不敢希及貞

觀之政庶幾處無過之地令授蕃右補闕委舍人善爲之詞又問蕃曰卿家有何圖書蕃曰家書悉無唯有文貞公笏在文宗令進來鄭覃在側曰在人不在笏文宗曰卿渾未曉但甘棠之義非要笏也

北夢瑣言卷一

欽定四庫全書

北夢瑣言卷二

宋　孫光憲　撰

皮日休獻書

咸通中進士皮日休進書兩通其一請以孟子為學科其略云臣聞聖人之道不過乎經經之降者不過乎史史之降者不過乎子不異道者孟子也舍是而子者必斥乎經史為聖人之賊也云云文多不載請廢莊列之

書以孟子為主有能通其義者其科選同明經也其二請以韓文公愈配饗太學其畧云臣聞聖人之道不過乎求用用于生前則一時可知也用于死後則萬世可知也云云又云孟子荀卿翼傳孔道以至於文中子文中子之道曠矣其幾於室授者唯韓愈焉蹴及楊墨蹀釋老故得孔道炳然如日星焉吾唐以來一人而已茍不得在二十一賢之數列則典禮未為備也日休先字逸少後字襲美襄陽竟陵人也業文隱鹿門山號醉

吟先生竊比大聖榜末及第禮部侍郎鄭愚以其貌不揚戲之曰子之才學甚富如一日何休對曰侍郎不可以一日廢二日謂不以人廢言也舉子咸推伏之官至國子博士寓蘇州與陸龜蒙為文友著文藪十卷皮子三卷黄冦中遇害其子為錢尚友吳越相

宰相怙權 温庭筠附

宣宗時相國令狐綯最受恩遇而怙權尤忌勝已以其子滈不解而第為張雲劉蜕崔瑄疊上疏疏之宣宗優

容綯出鎮維揚上表訴子之寃其略云一從先帝久次中書得臣恩者謂臣好不得臣恩者謂臣弱臣非美酒美肉安能啖衆人之口時以執己之短取誚于人或云曾以故事訪於温岐對以其事出南華且曰非僻書也或冀相公爕理之暇時宜覽古綯益怒之乃奏岐有才無行不宜與第會宣宗私行為温岐所忤乃授方城尉所以岐詩云因知此恨人多積悔讀南華第二篇又李商隱綯父楚之故吏也殊不展分商隱憾之因題廳閣

落句云郎君官重施行馬東閣無因許再窺亦怒之官只止使下員外也江東羅隱亦受知於絢畢竟無成有詩哭相國云深恩無以報底事是柴荆以三才子怨望即知絢之遺賢也

駱山人告王庭湊

唐田宏正之領鎮州三軍殺之而立王庭湊即王武俊支屬也庭湊生于別墅嘗有鳩數十隻朝集庭樹暮集簷下有里人駱德播異之及長駢脅善陰符鬼谷之書

歷軍職得士心曾使河陽回在中路以酒困寢於路偶
忽有一人荷策而過熟視之曰貴當列土非常人也僕
者寤以告庭湊庭湊馳數里及之致敬而問自云濟源
駱山人也向見君鼻中之氣左如龍而右如虎龍虎氣
交王在今秋子孫相繼滿一百年又云家之庭合有大
樹樹及于堂是其兆也是年果為三軍扶立為留後歸
別墅而庭樹婆娑暗北舍矣墅西飛龍山神庭湊往祭
之將及祠百步有人具冠冕折腰于庭湊及入廟神乃

側坐至今面東起宇尚存馬庭湊清儉公正忠於朝廷勤於軍民子孫世嗣為鎮帥至朱梁時王鎔封趙王為部將張文禮滅之

授任致寇

唐馬植相公曾鎮安南安撫民民懷柔蠻獠廢珠池尚儉素李琢後鎮是邦用法太酷軍城遠出而屬南蠻六七年間勞動兵役咸通七年高駢收復之先是荊徐間征役拒蠻人甚苦之有舉子聞許卒二千沒于蠻鄉有

詩刺曰南荒不擇吏致我交趾覆聯綿三四年致我交趾辱懦者鬬則退武者兵益黷軍容滿天下戰將多金玉刮得齊民瘡分為猛士祿雄雄許昌師忠武冠其族去為萬騎風住為一川肉時有殘卒回千門萬户哭哀聲動閭里怨氣成山谷誰能聽鼓聲不忍看金鏃念此堪淚流悠悠潁川綠詠此詩有一見一作知失於授任為

國家生事大東之苦斯其類乎

高駢開海路王審知開海附

安南高駢奏開本州海路初交趾以北距南海有水路多覆巨舟駢往視之乃有橫石隱隱然在水中因奏請開鑿以通南海之利其表畧云人牽利楫石限橫津纔登一去之舟便作九泉之計時有詔聽之乃召工者啖以厚利竟削其石交廣之利民至今賴之以濟焉或言駢以術假雷電以開之未知其詳葆光子曰聞閩王王審知患海畔石碕為舟楫之梗一夜夢吳安王即伍子胥也許以開導乃命判官劉山甫躬往祈祭三奠纔畢風雷

勃興山甫憑高觀馬見海中有黃物可長千百丈奮躍攻擊凡三日晴霽見石港通暢便于泛涉于時錄奏賜名甘露港即渤海假神之力又何怪焉亦號此地為天威路實神功也

放孤寒三人及第科松蔭花事附

咸通中禮部侍郎高湜知舉榜內孤貧一作負者公乘億賦詩三一作二百首人多書于屋壁許棠有洞庭詩尤工詩人謂之許洞庭最奇者有聶夷中河南中都人少貧

苦精於古體有公子家詩云種花於西園花發青樓道花下一禾生去之為惡草又詠田家詩云父耕原上田子劚山下荒六月禾未秀官家已修倉又云鋤禾一作田當日午汗滴禾下土誰念盤中飡粒粒皆辛苦又云二月賣新絲五月糶新穀醫得眼前瘡剜却心頭肉我願君主心化為光明燭不照綺羅筵只照逃亡屋所謂言近意遠合三百篇之旨也臧得三人見湜之公道也葆光子嘗有同寮云我調舉時詩卷內一句云科松為蔭

花因識之曰賈浪仙云空庭唯有竹閑地擬栽松吾子與賈生春蘭秋菊也他日赴達官牡丹宴欄中有兩松對植立命斧斫之以其蔭花此侯席上於愚有得色默不敢答亦可知也

文宗重王起

王文懿公起三任節鎮敬歷省寺贈守太尉文宗頗重之曾為詩寫于太子之笏以揚之又畫儀形于便殿師友目之曰當代仲尼雖歷外鎮家無餘財知其甚貧詔

以仙韶院樂官逐月俸錢五百貫給之起昧於理家俸入其家盡為僕妾所有耄年寒餒故加給焉于時識者以起不能陳遜而與伶人分俸利其苟得此為短也孫光子曰士人之家唯恥一作恐貨殖至于荷畚執耒灌園鬻蔬未有祿代耕豈空器而為養安可忘甘苦不追長昏今之世祿嚚薄不能撙節稍豐則飫其狗彘少一作似歎則困彼妻孥而云安貧吾無所取唯衣與食所謂切身儻德望名品未若王相國者得不思儉而足用乎

北夢瑣言卷二

欽定四庫全書

北夢瑣言卷三

宋　孫光憲　撰

盧肇為進士狀元

唐相國李太尉德裕抑退浮薄奬拔孤寒於時朝貴朋黨掌武陵之由是結怨而絶于附會門無賓客唯進士盧肇宜春人有奇才每謁見許脱衫從容舊例禮部放

牓先稟朝廷恐有親屬言薦會昌三年王相國起知舉

先白掌武乃曰某不薦人然奉賀今年牓中得一狀元也起未喻其旨復遣親吏于相門偵問吏曰相公於舉子中獨有盧肇久接從容起相曰果相此也其年盧肇為狀頭及第時論曰盧雖受知於掌武無妨主司之公道也

戲改畢諴相名

唐相畢諴吳鄉人詞學器度冠於儕流擢進士未遂其志嘗謁一受知朝士者希為改名以期亨達此朝士識

其鹺賈之子請改為誠字相國忻然受而謝之竟以此名受第致位台輔前之朝士慙悔交集也

段相踏金蓮 夏侯相附

唐段相文昌家寓江陵少以貧窶修進常患口食不給每聽曾口寺齋鐘動輒詣謁飡為寺僧所厭自此乃齋後扣鐘冀其晚届而不逮食也後入登台座連出大鎮拜荆南節度有詩題曾口寺云曾遇闍黎飯後鐘蓋為此也富貴後行金蓮花盆盛水濯足徐州商致書規勸

之乃曰人生幾何要酬平生不足也　夏侯孜相國未
偶伶俜風塵蹇驢無故墜井每及朝士之門舍逆旅之
館多有齟齬時人號曰不利市秀才後登將相何先蹇
而後通也或云王播相公未遇題揚州佛寺詩及荆南人云是段相亦兩存之

李固言相國為柳表所誤

唐李固言生于鳳翔莊墅雅一作惟性長厚未習參謁言
懸進士舉舍于親表柳氏京第諸柳昆仲率多戲謔以
相國不諳人事俾習趨揖之儀俟其磬折密於烏巾上

帖文字云此處有屋僦賃相國不覺及出朝士見而笑之許孟容守常侍朝中鄙此官號曰貂郤固不能為人延譽也相國始以所業求知謀於諸柳諸柳與導行卷去處先令投謁許常侍相國果詣騎省高陽公懃謝曰某官緒極閑冷不足發君子聲采雖然已藏之于心又覩烏巾上文字知其樸質無何來年許公知禮闈李相國居狀頭及第是知柳氏之戲侮足致隴西之速遇也

杜邠公不恤親戚

杜邠公悰位極人臣富貴無比嘗與同列言平生不稱意有三其一為澧州刺史其二貶司農卿其三自西川移鎮廣陵舟次瞿塘左右為駭浪所驚呼喚不暇渴甚自潑湯茶喫也鎮荊州日諸院姊妹多在渚宮寄寓貧困尤甚相國未嘗拯濟至于節臘一無沾遺有棄肩輿至衙門詬駡者亦不省問之凡蒞方鎮不理獄訟在鳳翔泊西川繫囚畢政無重任其殍殕人有從劍門之間拾得裹漆器文書乃成都具獄案牘略不垂愍斯又何

心哉本當薦賢時號禿角犀

李光顔太師選佳壻

李太師光顔以大勲康國品位穹崇愛女未聘幕僚謂其必選佳壻因從容語次盛譽一鄭秀才詞學門閥人韻風流異常冀太師以子妻之他日又言之太師謝幕僚曰李光顔一健兒也遭遇多一作君難偶立微功豈可妄求名族乎某已選得一佳壻諸賢未見乃名客司小將指之曰此即某女之匹也超三五階軍職厚與金帛

而已從事許當曰李先師建定難之勳懷弓藏之慮武寧保境止務圖存而欲結援名家非其志也與夫侯景求婚王謝何其遠哉王特尚書與太師宅重壘姻戚常語之

王公文叉手睡司空圖附

王文公凝清修重德冠絶當時每就寢息必叉手而臥慮夢寐中見先靈也食飫飥麪不過十八斤曾典絳州于時司空圖侍郎方應進士舉自別墅到郡謁見後更不訪親知閽吏遽申司空秀才出郭矣或入郭訪親知

即不造郡齋瑯琊知之謂其專敬愈重之及知舉日司
空一捷列第四人登科同年訝其名姓甚暗所圖太速
有鄙薄者號為司徒空瑯琊知有此說因召一牓人開
筵宣言於衆曰某叨忝文柄今年牓帖全為司空先輩
一人而已由是聲采益振爾後為御史分司舊相盧公
攜訪之乃留詩曰民族司空貴官班御史雄老夫如且
在未可歎途窮其名德所重也如此

河中餞劉相瞻

唐相國劉公瞻其先人諱景本連州人少為漢南鄭司徒掌牋劄因題商山驛側泉石滎陽奇之勉以進修俾前驛換麻衣執贄之後知解薦擢進士第歷臺省瞻相孤貧有勢雖登科第不預急流任大理評事平饘粥不給嘗於安國寺相識僧處謁飡留所業文數軸置在僧几致仕劉單容遊寺見此文卷甚奇之憐其貧窶厚有濟恤又知其連州一作山人朝無強援謂僧曰其雖閑廢能為此人致宰相爾後授河中少尹幕寮有貴族浮薄

者蔑視之一旦有命徵入蒲尹張筵而祖之浮薄幕客呼相國為尹公曰歸朝作何官職相國對曰得路即作宰相此郎大夫之在席亦有異其言者自是以水部員外知制誥相次入翰林以至大拜也王屋匡一上人細話之

李氏瑞槐趙令公檽棗附

唐相國李公福河中永樂有宅庭槐一本抽三枝真過當舍屋脊一枝不及相國同堂昆弟三人曰石曰程皆登宰執唯福一人歷鎮使相而已近者石晉朝趙令公

塋家庭有檽棗樹婆娑異常四遠俱見有望氣者詣其鄰里問人云此家合有登宰輔者里叟曰無之然趙令先德小字相之兒得非此應乎術士曰王氣方盛不在身當其子孫爾後中令由太原判官大拜出將入相則前言果效矣（一作也）凡士之宦達非止一途或以才升或由命遇則盛衰之風亦隨人而效之向者槐棗異常豈非王氣先集耶不然何榮茂挺特拔聳之如是也（隴西事得於李載仁大夫天水事得於長陽宰康長甚詳悉也）

高太尉決禮佛僧

唐勃海王太尉高公駢鎮蜀日因巡邊至資中郡舍于刺史衙對郡山頂有開元佛寺是夜黄昏僧禮讚螺唄間作渤海命軍候悉擒械之來晨笞背斥逐召將吏而謂之曰僧徒禮念亦無罪過但以此寺十年後當有秃丁數千作亂我以是厭之其後土人皆髠髪執兵號大髠小髠據此寺為寨陵脅州將果叶渤海之言得於資中處士王迢

王中令鐸拒黄巢

唐王中令鐸重德名家位望崇顯率由文雅非定亂之才鎮渚宫為都統以禦黄巢寇兵漸近先是赴鎮以姬妾自隨其内未行本以妬忌忽報夫人離京在道中令謂從事曰黄巢漸以南來夫人又自北至旦夕情味何以安處幕寮戲曰不如降黄巢公亦大笑之洎荆州失守復把潼關黄巢差人傳語云令公儒生非是我敵請自退避無汚鋒刃於是棄關隨僖皇播遷于蜀再授都

統收復京都大勳不成竟罹非命時議曰黄巢過江高太尉不能拒捍豈王令中儒懦所能應變乎落都統後有詩其要云勅一作黜詔已聞來闕下檄書猶未遍軍前亦志在其中也黄巢起廣州自號義軍百萬都統上表先陳犯闕之意其詞云儻便歸降必有陛獎朝廷恥笑

路侍中巾裹

唐路侍中巖風貌之美為世所聞鎮成都日委執政于孔目吏邊咸日以妓樂自隨宴于江津都人士女懷擲

果之羨雖衛玠潘岳不足為比善巾裹蜀人見必效之後乃霸紗巾之腳以異于衆也閭巷有裓服修容者人必譏之曰爾非路侍中耶嘗過鬻豚之肆見儈豕者謂屠者（一作生）曰此豚端正路侍中不如用之比方良可笑也以官妓行雲等十人侍宴移鎮渚宮日于合江亭離筵贈雲行諸人感恩多詞有離魂何處斷煙雨江南岸令播于倡樓也

李勲尚書發憤（趙觀文附）

薛能尚書鎮鄆州見舉進士者必加異禮李勳尚書先德為衙前將校八座方為客司小子弟亦負文藻潛慕進修因舍歸田里未踰歲服麻衣執所業于元戎左右具白其行止不請引見元戎曰此子慕善才與不才安可拒之某今自見其人質秀復覽其文卷深器重之已乃出鄆巡職牒一通與八座先德俾罷職司閑居恐妨令子修進爾後果策名第敭歷清顯出為鄆州節度也八座事得王屋山僧匡一甚詳近代進士趙觀文桂州小軍杜狀元及第乃才舉也

鄭愚尚書錦半臂

唐鄭愚尚書廣州人雄才奧學擢進士第歷清顯聲稱烜一作赫然而性本好華以錦為半臂崔魏公鉉鎮荆南滎陽除廣南節制經過魏公以常禮延遇滎陽舉進士時未嘗以文章及魏公門此日於客次換麻衣先贄所業魏公覽其卷首尋已賞歎至三四不覺曰真銷得錦半臂也又以魏公故相合其軍儀廷參不得已而授一作使之魏公曰文武之道備見之矣其欽服形於辭色

也或曰滎陽因醉眠左右見一白猪螯杜征南蛇吐之類

韋宙相足穀

唐相國韋公宙善治生江陵府東有别業良田美産最號膏腴而積稲如坻皆爲滞穗大中初除廣州節度使宣宗以番禺珠翠之地垂貪泉之戒兆從容奏對曰今江陵莊積穀尚有七十堆固無所貪宣皇曰此可謂之足穀翁也

李當尚書竹籠崔珏二子附

唐李當尚書鎮南梁曰境内多有朝士莊產子孫僑寓其間而不肖者相效爲非前政以其各有階緣弗克禁止閭巷苦之八座嚴明有斷處分寬織筏籠召其尤者詰其家世譜第在朝姻親乃曰郎君籍如是地望作如此行止無乃辱於存亡乎今日所懲賢親眷聞之必當老夫一作安勉旃遽命盛以竹籠沈于漢江由是其儕惕息各務戢斂也　崔珏侍御史寄荆州二子兇惡節度

使劉都尉判之曰崔氏二男荆南三害不免行刑也

吴行魯温溲器厲圖南附

唐吴行魯尚書彭州人少年事内官西門軍容小心畏慎每夜温溲溺器以奉之深得中尉之意或一日為洗足中尉以脚下文理示之曰如此文理争教不作十軍容使行魯拜曰此亦無憑其亦有之執厮僕之役乃脱屨呈之中尉嗟歎謂曰汝但忠孝我終為汝成之爾後假以軍職除彭州刺史為盧耽相公西川行軍司馬禦

鑾有功歷東西川山南三鎮節旄除西川制云為命代之英雄作人中之祥瑞識之也　屬圖南為西川副使隨府罷職行魯欲延辟之圖南素薄行魯聞之大笑曰不能熊頭刺面而趨侍健兒乎自使院乗馬不歸私第直出北郭家人遽結束而追之張雲起居為成都少尹常出輕言為行魯酖殺之

崔侍中省刑獄

唐崔侍中安潛崇奉釋氏鮮茹葷血唯于刑辟常自躬

親雖僧人犯罪未嘗屈法于廳事前慮囚必溫顔恤惻以盡其情有大辟者俾先示以判語賜以酒食而付于法鎮西川三年唯多蔬食宴諸司以麵及蒟蒻之類染作顔色用象豚肩羊臑膾炙之屬皆逼真也時人比於梁武而頻於宅使堂前夷傀儡子軍人百姓穿宅觀看一無禁止而中壺預政以玷盛德惜哉

劉蛻舍人不祭先祖

唐劉舍人蛻桐廬人早以文學應進士舉其先德戒之

曰任汝進取窮之與達不望于汝吾若沒後慎勿祭祀乃乘扁舟以漁釣自娱竟不知其所適不審是隱者為復是漁師莫曉其端倪也紫微歷登華貫出典商於霜露之思於是乎止臨終亦戒其子如先考之命蜀禮尚書纂即其恩息也嘗與同列言之君子曰名教之家一作中重於喪祭劉氏先德是何人斯尚同隱逸之流何傷蔽水之禮紫微以儒而進爵比通侯遵乃父之緒言紊先王之舊制以時一作報本之敬能便廢乎大彭通人抑有其說時未喻也

杜審權相斥馮涓

大中四年進士馮涓登第牓中文譽最高是歲道羅國起樓厚齋金帛奏請撰記時人榮之初官京兆府叅軍恩地即杜相審權也杜有江西之拜制書未行先召長樂公密話垂延辟之命欲以南昌牋奏任之戒令勿泄長樂公拜謝辭出宅速鞭而歸于通衢遇友人鄭賔見其喜形于色駐馬懇詰長樂遽以恩地之辟告之滎陽尋捧刺詣京兆門謁賀具言得于馮先輩也京兆嗟憤

而鄙其淺露洎制下聞慕馮不預焉心緒憂疑莫知所
以廉車發日自灞橋乘肩轝門生咸在長樂拜别京兆
公長揖馮曰勉旃由是嚚浮之譽徧於搢紳竟不通顯
中間有涉交通中貴愈招清議官止祠部郎中眉州刺
史仕蜀至御史大夫
不肖子三變
唐咸通中荆中有書生號唐五經者學識精博實曰鴻
儒者趣甚高人斯師仰聚徒五百輩以束修自給優游

卒歲有西河儕南之風慕豪多與之游常謂人曰不肖子弟有三變第一變為蝗蟲謂鬻莊而食也第二變為蠹魚謂鬻書而食也第三變為大蟲謂賣奴婢而食也三食之輩何代無之

薛保遜輕薄

薛保遜名家子恃才與地凡所評品平子以之升降時號為浮薄相國夏侯孜（一作公）出鎮時其堂弟因名保厚以異之由是不睦內子盧氏與其良人操尚略同因季

父薛監來者盧新婦出參侯其去後命水滌門閾薛監知而大怒經宰相疏之保遜因謫授澧州司馬凡七年不代夏侯孜（一作公）出鎮魏相驀登庸方有徵拜而殞于郡愚曾睹薛文數幅其云一餞交親于灞上止逆旅氏見數物象人詰之口輙動皆云江淮嶺表州縣官也嗚呼天之生民為此輩啓撻又觀優云緋胡折窣（一作推窣）蕃轉而出衆人皆笑唯保遜不會其輕物皆此類也盧虔灌罷夔州以其為姊妹夫徑至澧州慰省迴至鄞亭迴

望而笑曰豈意薛保遜一旦接軍事李判官打楊柳枝乎澧州老軍將周藹舊曾服事備言之

陳會螳螂賦

蜀之士子莫不酤酒慕相如滌器之風也陳會郎中家以當壚為業為不掃街官吏歐之其母甚賢勉以修道不許歸鄉以成名為期每歲餱糧紙筆衣服僕馬皆自成都齎致郎中業八韻唯螳螂賦大行太和元年及第李相固言覽報狀處分廂界收下酒旆闔其戶家人猶

拒之逡巡賀登第乃聖善獎訓之力也後為白中令子
壻西川副使連典彭漢兩郡而終

劉僕射荔枝圖

唐劉僕射崇龜以清儉自居甚招物倫嘗召同列餐苦
賫（一作馬）饆饠朝士有知其矯乃潛問小蒼頭曰僕射晨
餐何物蒼頭曰潑生吃了也朝士聞而哂之又鎮番禺
效吳隱之為人京國親知貧乏者顒俟濡救但畫荔枝
圖自作賦以遺之後薨於嶺表扶護靈櫬經渚宮家人

鬻海珍珠翠于市時人譏之

趙大夫號無字碑 附張策

唐趙大夫崇凝清介門無雜賓慕王濛劉真長之風也
標質堂堂不為文章號曰無字碑每遇轉官舊例各舉
一人自代亞台未嘗舉人云朝中無可代已也世亦以
此少之

梁相張策嘗為僧返俗應舉亞台鄙之或曰
劉軻蔡京得非僧乎亞台曰劉蔡輩雖作僧未為人知
翻然貢藝有何不可張策衣冠子弟無故出家不能參

禪訪道抗跡塵外乃于御簾前進詩希望恩澤如此行止豈掩人口其十度知舉十度斥之清河公乃東依梁主而求際會蓋為天水拒棄竟為梁相也

北夢瑣言卷三

北夢瑣言卷四

宋 孫光憲 撰

趙令公紅拂子

唐襄州趙康凝令公世勳嗣襲其人甚偉酷好修容前後垂鏡以整冠櫛往往以家諱刑人相國崔公允出鎮湖南由峴首趙令逢迎開宴崔相從容而規之曰聞令公以文字刑人其無謂也聞名心瞿但有顰蹙豈可笞

責及人耶俄而近侍以紅拂子於烏巾上拂之相國又曰此尤不可也陪寮俛首而已天水其後漢南失守已而奔吴路由夏口杜洪念公郊迓以主座遜之遽尸其位其不識去就皆此類也竟罹禍於淮甸宜乎

薛氏子具軍儀

唐薛尚書能以文章自負累出戎鎮常鬱鬱歎惜因有詩謝淮南寄天柱茶其落句云麄官乞與真抛卻賴有詩名合得嘗意以節將為麄官也鎮許昌日幕吏咸集

令其子具櫜鞬參諸幕客幕客怪驚八座曰俾渠消災時人以為輕薄葢不得本分官矯此以見志非輕薄也

孫偓相通簡

唐相公孫公偓寛裕通簡不事矯異常語于親友曰凡人許已務在得中但士行無虧不必太苦以我之長彰彼之短以我之清彰彼之濁幸勿為之後謫居衡山情抱坦然不以放逐而懷戚戚每對客座而厮僕輩紛詬毆曳仆於面前相國凝然似無所睹謂客曰若以怒心

逢彼即方寸自撓矣其性度皆此類也相國曾乘軺至蜀詣杜光庭先生受籙乃曰嘗遇至人話及時事每有高棲之約爾後雖登台輔竟出官於南嶽有詩寄杜先生其要云云蜀國信難遇楚鄉心更愁我行同范蠡師舉效浮丘他日相逢處多應在十洲唐末朝達罹白馬驛之禍唯相國獲免焉

柳玭大夫賞年譽

唐柳大夫玭直清重德中外憚之謫授瀘州郡守先詣

東川庭叅具橐鞬元戎顧相彦朗堅郤之亞台曰朝廷本用月責此乃軍府舊儀顧公不得已而受之赴任路由渝州有年黁秀才者即都校年居厚之子文采不高執所業謁見亞台獎飾甚勤甥姪從行以為年子卷軸不消見遇亞台曰巴蜀多故土豪倔起斯乃押衙之子獨能慕善苟能誘進渠即退志以吾稱之人必榮之由此減三五員草賊不亦善乎子弟竊笑之而服之

孫揆尚書鋸解 劉知俊附

唐末朝廷圍太原不克以宰相張濬為都統華師韓建
為副史澤潞孫揆尚書以本道兵會伐軍容使楊復恭
與張相不叶逗撓其師因而自潰由是貶張相為潚州
牧孫尚書為太原所執詬罵元戎李公克用以狗豬代
之李公大怒俾以鋸解雖加苦楚而鋸齒不行八座乃
謂曰死狗豬解人須用板夾然後可得行汝何以知之
由此施板而鋸方行未絶間罵聲不歇何乃壯而不怖
斯則君子之儒必有勇也近者劉知俊自俊奔秦自秦

奏蜀驍暴之聲天下咸聞馬蜀先主坐其慘酷而誅之受戮日章皇萬端乞命不暇行刑者嗟而笑之比孫帥何勇怯之不侔也孫揆尚書少年不慧涕洟狼籍豪然而已十五載適然一變非唯時俊乃烈士也

崔允相脆文

唐崔相國慎猷廉察浙西日有尼棺寺持法華經僧為門徒或有術士言相國面上氣色有貴子問其姙娠之所在夫人洎妾媵間皆無所見相國徐思之乃召曾侍

更衣官妓而示術士曰果在此也及載誕日腋下有文相次分明即死棺僧名也因命其小字緇郎年七歲尚不食肉一日有僧請見乃當其頰謂曰既愛官爵何不食肉自此方味葷血即相國允也崔事一說云是終南山僧兩存之

諸重德好尚

唐朱崖李太尉與同列款曲或有徵其所好者掌武曰喜見未聞言新書策崔魏公鉉好食新餘頭以為珍美

從事開筵元一夕前必到使院索新煮餢頭也杜豳公每早食饙飯乾脯崔侍郎安潛好看鬬牛雖各有所美而非近利與夫牙籌金埒錢癖穀堆不亦遠乎

畢舅知分 蜀楊會附

唐畢相諴家本寒微其渭陽為太湖縣伍伯伍伯即介號雜職行杖者相國恥之俾罷此役為除一官累遣致之竟不承命特除選人楊載宰此邑參辭特於私第延坐與語期為落此猥籍津送入京楊令到任具達台旨伍伯曰某下

賤豈有外甥為宰相耶楊令堅勉之乃曰其每歲公税享六十緡事例錢苟無敗闕終身優渥不審相公欲為致何官職楊令具以聞相國歎賞亦然其說竟不奪其志也近者蜀相庾公傳素與其從弟凝績曾宰蜀州唐興縣郎（一作良）吏有楊會者庾氏之昆弟深念之洎迭秉蜀政為楊會除長馬以酬之楊會曰某之吏役遠近皆知忝冐為官寧掩人口豈可將數千（一作子）家供侍而博（一作薄）一虛名長馬乎雖強假軍職除授檢校官竟不舍

縣役亦畢舅之次也

楊蔚使君三典洋源

唐楊蔚使君典洋州道者陳休復每到州多止於紫微宫宏農甚思一見而潁川輙便他適乃謂道士曰此度更來便須申報或一日再至遽令申白俄州而將擁旆而至方遂披揖宏農曰嚮風久矣幸獲祇奉敢以將來禄算為請勿訝造次潁川呼人為卿乃謂州牧曰卿三為刺史了更無言州牧不懌以其曾典兩郡至此三也

自是常以見任為終也之所爾後秩滿無恙不喻其言無何又授此州亦終考恨罷後又除是郡凡三任竟殞於是邦三為刺史之説果在于此乎楊公季弟玭為愚話之

妖人為稱陳帝師

唐軍容使田令孜擅權有回天之力嘗致書于許昌為其兄陳敬瑄求兵馬使職節將崔侍中安潛不允爾後崔公移鎮西川敬瑄與師立牛勉羅元果以打毬爭三

川敬瑄獲頭籌制授右蜀節旄以代崔公中外驚駭報狀云陳僕射之命莫知誰何青城縣彌勒會妖人彌勒會北中金剛窺此聲勢乃偽作陳僕射行李行山東盜起車禪也駕必謀幸蜀先以陳公走馬赴任乃樹一魁妖其翼佐之軍府未喻亦差迎候至近驛有指揮索白馬四疋察事者覺其非常乃羈縻之未供承間而真陳僕射亦連轡而至其妖人等悉擒縛而俟命頗川俾隱而誅之識者曰陳帝師一作僕射由閫窅之力無涓塵之效盜處方鎮

始為妖物所憑終以自貽誅滅非不幸也

哭麻劉舍人事

唐李相磎高才奧學冠絶羣彦為朋黨所排洎登巖廊似涉由徑雖然亦才授也制下之日劉舍人崇魯抱麻而哭之李相斥其祖禰條下其事具奏論之又以彭城先德受賄飲酖乃作鴟鵂杯賦醜詞訐切人謂寒心朝士有識者聞其表曰何必多言但不云倒策側龜于君前有誅彭城子何所逃刑時以為然

蔡京尚書拔顧氏昆弟

唐蔡京尚書為天德軍使衙前小將顧彥朗彥暉知使宅市買八座有知人之鑒或一日俾其子叔向已下備酒饌於山亭召二顧賜宴八座俄而即席約令勿起二顧惶慼莫喻其意八座勉之曰公弟兄俱有封侯之相善自保愛他年願以子孫相依因遷其職級洎黄寇犯闕顧彥朗領本軍立收復功除東川加使相蔡叔向兄弟往依之請叔向為節度副使仍以丈人行拜之軍府

大事皆諮謀焉使相罷其弟彥暉嗣之亦至使相

陸扆相六月及第盧光啟附

唐陸相扆舉進士屬僖宗再幸梁洋隨駕至行在于時齊避勞止又時當六月而相國策名爾後在翰林暑月苦於蒸溽同列譏之曰今日好造天牓以其進取非時也然相國文才重德名冠一時朝中陸氏三號號曰三陸即相國洎希聲及威乃三人也　盧相光啓先曰伏刑爾後弟兄修師赴舉國謂親知曰此乃開荒也然其

立性周道進取多塗切舉子一卷即進取諸事皆此類也策名後歇歷臺省受知于租庸張濬清河出征并汾盧每致書疏凡一事別為一幅朝士至今效之蓋八行重疊別紙自公始也唐末舉人不問士行文藝但勤於請謁號曰精切亦楷法於范陽公爾其族弟汝弼嘗為張相（一作濬）出征判官傳檄四方其略云致赤子之流離自朱邪之版蕩自謂人曰天生朱邪赤子供我之筆也俊邁亦有族昆之風

吳融侍郎文筆

唐吳融侍郎策名後曾依相國太尉韋公昭度以文筆求知每起草先生皆不稱旨吳乃祈掌武親密俾達其誠且曰某幸得齒在賓次唯以文字受眷雖愧荒拙取不著功未聞愜當反甚憂懼掌武笑曰吳校書誠是藝士每有見請自是吳家文字非干老人由是改之果愜上公之意也散版出官寓於江陵為僧貫休撰詩序以唐來唯元白休師而已又祭陸龜蒙文即云海内文章

止魯望而已自相矛盾于時不免識者所譏

破天荒解

唐荆州衣冠藪澤每歲解送舉人多不成名號曰天荒解劉蛻舍人以荆解及第號為破天解爾来余知古闗圖常修乃荆州之居人也率有高文連高上科闗即衙前將校之子也及第歸鄉都押已下為其張筵乃指盤上醤瓯戲老校曰要校一作拔卒為者其人以醋樽進之曰此亦校一作拔卒為者也席人大噱闗圖妻即常修妹

才思歸也有祭夫文行於世

戍令公為蛇繞身

唐荆州戍令公汭領蔡州軍戍江陵為節度使張瓚謀害之遂率本部奔於秭歸一夜為巨蛇繞身幾至于殞乃曰苟有所負死生唯命逡巡蛇亦云去爾後招輯戸口訓諭士卒泝流而鎮渚宫尋授節旄撫綏凋殘勵精為理初年居民唯一十七家末年至萬户勤王奉國通商務農有足稱焉朝廷號北韓南郭韓即華州韓建城戍初姓郭後歸本

姓有孔目官賀隱者亦返俗僧也端貞儉約始為腹心凡有闗政賴其規贊自賀隱物故率由胸襟加以騁辯陵人又多矜伐為識者所鄙婦翁竺知章乃餅匠也言多不遜又元子微過皆手刃之竟無系嗣樓船之從幕俠結舌終致鄂渚之敗惜哉

張濬相破賊

唐黃巢犯闕僖宗幸蜀張相國濬白身未有名第時在河中永樂莊居里有一道士或麻衣或羽帔不可親狎

一日張在村路前行後有喚張三十四郎駕前待爾破賊回顧乃是此道士一作人相國曰某一布衣耳何階緣而能破賊乎道士勉其入蜀適遇相國聖善疾苦未果南行道者乃遺兩粒丹曰服此可十年無恙相國得藥奉親所疾痊復後歷登台輔道者亦復不見破賊之說何其驗哉

薛澄州弄笏羅九臯附

唐薛澄州昭緯即保遜之子也恃才傲物亦有父風每

入朝省弄笏而行旁若無人好唱浣溪紗詞知舉後有一門生辭歸鄉里臨岐獻規曰侍郎重德某乃受恩爾後諸不弄笏與唱浣溪紗即某幸也時人謂之至言有小吏常學其行步揖遜公知之乃召謂曰試於庭前學得似則恕爾罪於是下簾擁姬妾而觀之小吏安詳傲然舉動酷似笑而舍之　路侍中巖在西蜀嘗夏日納涼於毬場廳中使院小吏羅九皐巾裹步履有似裴條郎中大貂遥見促召衫帶遍視方知其非因笞之

西嶽神斃張簴

唐張策早為僧敗道歸俗後為梁相先在華山雲臺觀修業觀側有莊其弟簴亦輕易道教因脱褻服挂于天尊臂上云借此公為我掌之須臾精神恍忽似遭毆擊痛叫狼狽或頓或起如有人拖曳之狀歸至别業而卒斯人也必黨於釋氏而輕侮道尊人之無禮自貽陰殛非不幸也與嘉州崔使君聞尹真君石函事同開石函為冥官所錄奪算見宣室志李載仁郎中目覩為愚話之

柳婢識蓋巨源

唐柳僕射仲郢(一作賢)鎮郪城有一婢失意將婢於成都鬻之蓋巨源使君乃西川大校累曲雄郡(一作大郡)宅在苦竹溪女儈具以柳婢言導蓋公欲之乃取歸其家女工之具悉隨之日夕賞其巧技或一日蓋公臨街窺窗柳婢在侍通衢有鬻綾羅者從窗下過召婢就宅蓋公於束縑内選擇邊幅舒卷揲之第其厚薄酬酢可否柳婢失聲而仆似中風恙命扶之而去一無言語但令輿還

女僧家翌日而瘳詰其所苦青衣曰某雖賤人曾為柳家細婢死則死矣安能事賣絹牙郎乎蜀都聞之皆嗟歎也清族之家率由禮門蓋公暴貴未知士風為婢僕所識宜矣哉

趙師儒與柳大夫唱和

唐柳玭大夫之任瀘州泝舟經馬騣鎮土豪趙師儒率鄉兵數千憑高立寨州訟生殺得以自專本道署以軍職聞五馬經過乃棹扁舟被褐衫把杖子迎接參狀云

百姓趙師儒亞台以其有職非隸屬邑恠而辭之師儒
曰巴蜀亂離某懷集鄉人拒他盜非敢僭幸妄徼式職
亞台欣而接之乃駐旌旆館于寨中供億豐備欽禮彌
勤師儒亦有詩句皆陳素心亞台悉為和之睹其清儉
不覺嗟歎曰我他年若登廊廟必為斯人而致節察葢
賞其知分任真也
祖系圖進士牓
禪門有祖系圖得佛心印者皆次列之進士有登科記

懷將相才者咸編綴之而名實相違玉石混雜疑誤後人良可怪也唐進士宇文翃雖士族子無文藻酷愛上科有女及笄真國色也朝之令子弟求之不得時竇璠年逾耳順方謀繼室其兄諫議巨有氣焰能為人致登第翃嫁一作娉女與璠璠為言之元昆果有所獲相國韋公說即其中表甚鄙之因滑臺杜尚書宅遭火幾爇神柩家人云老鼠尾曳火入庫內因而延燎京兆謂宇文曰魚將化龍雷為燒尾近日老鼠亦有燒尾之事用以

議之篠光子嘗試一僧備諳謬妄一旦擁徒說法自言出世安知他日不須祖系乎是則宇文翃登科後人何以知之悲夫

温李齊名

温庭雲字飛卿或云作筠字舊名岐與李商隱齊名時號曰温李才思艷麗工于小賦每入思押官韻作賦凡八叉手而八韻成多為鄰鋪假手號曰救數人也而士行有缺縉紳薄之李義山謂曰近得一聯句云遠比召

公三十六年宰輔未得偶句温曰何不云近同郭令二十四考中書宣宗嘗賦詩上句有金步揺未能對遣未第進士對之庭雲乃以玉條脱續之宣宗賞焉又藥名有白頭翁温以蒼耳子為對他皆此類也宣宗愛唱菩薩蠻詞令狐相國假其新撰密進之戒令勿泄而遽言於人由是疎之温亦有言云中書堂内坐將軍譏相國無學也宣皇好微行遇于逆旅温不識龍顔傲然而詰之曰公非司馬長史之流帝曰非也又謂曰得非大參

簿尉之類帝曰非也謫為方城縣尉其制詞曰孔門以德行為先文章為末爾既德行無取文章何以補焉徒負不羈之才罕有適時之用云云竟流而已死也杜豳公自西川除淮海温庭雲詣韋曲杜氏林亭留詩云卓氏蘆前金線柳隋家隄畔錦帆風貪為兩地行霖雨不見池蓮照水紅豳公聞之遺絹一千疋吳興沈徽云温舅曾於江淮為親表檟楚由是改名也庭雲又每歲舉場多借舉人為其假手一作多為舉人假手沈詢侍郎知舉別施

鋪席授庭雲不與諸公鄰比翌日簾前謂庭雲曰向來策名者皆是文賦託于學士某今歲場中並無假託學士勉旃因遣之由是不得意也

崔氏女失身為周寶妻末山尼盧氏女附

浙西周寶侍中博陵崔夫人乃乾符中時相之姊妹也少為女道士或云寡而冠帔自幽獨焉大貂素以豪俠聞知崔有容色乃踰垣而竊之宗族亦莫知其存沒爾後周除浙名其内亦至國號乃具車馬偕歸崔門曰昔

者官職卑下未敢先言此際叨塵亦不相辱相國不得已而容之此事鳳翔楊少尹說之甚詳近代江南鍾令内子乃盧肇員外之女也亂離失身弟兄有在班行者恥之乃曰小娘子何不自殺而偶非大夫也仙傳有徐仙姑居南嶽魏夫人壇羣僧調之乃自顛仆此乃修道而靈官所衛也已

末山尼開堂說法禪師鄧隱峰有道者也試其所守中夜挾刃入禪堂欲行强暴尼懼死失志隱峰取去禪服集衆僧以曉之其徒立散王蜀先主部將張勍暴横鞭人之胷典眉州有一少尼姿容明悟講無量壽經張欲逼辱以死拒之不肯破戒因而詬罵

張乃折其齒與其父同沈於蟇頤津也崔氏女末山尼以畏懦而苟全徐仙姑用道力而止暴講經尼以守戒而隕命是不知女子修道亦以一段障難而況冶容誨淫者哉孫棨舍人著能里志叙朝賢子弟平康狎游之事其旨似言盧相攜之室女失身于外甥鄭氏子遂以妻之殺家人而滅口是知平康之游亦何傷于年少之流哉

崔禹昌不識牛

唐世梁太祖未建國前崔禹昌擢進士第有别業在汴州管内禹昌敏俊善接對初到夷門希梁祖意精陳桑梓禮梁祖甚喜以其不相輕薄甚蒙管領常預賔次或陪褻戲梁祖以其有莊墅必藉牛乃問曰莊中有牛否禹昌曰不識得牛意是無牛以時俗語不識得有對之梁祖大怒曰豈有人不識牛謂我是村夫即識牛渠則不識如此輕薄何由可柰幾至不測後有人言方漸釋怒

張曙戲荀鶴

唐右補闕張曙吏部侍郎聚之子禕之姪文章秀麗精神敏俊甚有時稱有生母常戲玉天尊黃巢亂離莫知存没或有于枯骸中頭上見有玉天尊以曙未訪遺骸不合進取以此阻之後于裴贄侍郎下擢進士第官至右補闕曾戲同年杜荀鶴曰杜十四仁賢大榮幸得與張五十郎同年荀鶴答曰張五十郎大榮幸得與荀鶴同年天下只聞杜荀鶴名字豈知張五十郎耶彼此大

咍是知虚名不足定人優劣曙有擊甌賦其警句云董
雙成青瑣鸞鸑啄開珠網穆天子紅韁馬解踏破瓊田
又有鄠郊賦叙長安亂離亦哀江南悲甘陵之比區區
之荀鶴不足擬倫

北夢瑣言卷四

欽定四庫全書

北夢瑣言卷五

宋 孫光憲 撰

令狐公密狀木團頭附

唐大和中閹官怒横因甘露事王涯等皆罹其禍竟未昭雪宣宗即位深抑其權末年嘗授旨于宰相令狐公公欲盡誅之慮其冤乃密奏牓子曰但有罪莫舍有闕莫填自然無遺類矣後為宦者所見於是南北益相水

火洎昭宗末崔侍中得行其志然而（一作以）玉石俱焚也

已乾符後宮娥皆以木團（一作圍）頭自是四方效之唯内官各自出様匠人曰斫軍容頭特進頭至是果驗也

李遠識曹唐

應進士曹唐游仙詩才情縹緲岳陽李遠員外每吟其詩而思其人一日曹往謁之李倒屣而迎曹生人質充偉李戲之曰昔者未睹標儀將謂可乘鸞鶴此際拜見安知壯水牛亦恐不勝其載時人聞而笑之（世謂渾詩遠賦不如）

不做言其無才藻鄙其無教化也

中書蕃人事

李華國史補出貞元末有郎官四人自行軍司馬賜紫而登粉署省中謔之為四君子也唐自大中至咸通白中令入拜相次畢相諴曹相確羅相劭權使相也繼升巖廊崔相慎猷曰可以歸矣近日中書盡是蕃人蓋以畢白曹羅為蕃姓也始蔣伸相登庸李景遜尚書西川覽報狀而歎曰不能伏書斯人也遽託疾離鎮有詩曰

成都十萬户勉若一邊毛亦北陵之比也近代吴融侍郎乃趙崇大夫門生即世日天水歎曰本以畢白待之何乖於所望歎其不大拜也

徐相識戍中令

唐乾寧中荆南成令公汭曾為僧盜據渚宫尋即真命末年驕辨每事標特初以澧朗舊在巡屬為土豪雷滿所據奏請割隸相國徐公彦若在中書不為處置由是銜之相國出鎮番禺路由諸宫成令雖加接延而常怏

快饌後更席而坐詭辯鋒起相國曰令公位尊方面自比桓文雷滿者偏州一夥草賊耳令公不能加兵而怨朝廷乎成公報馬而屈東海文雅高談聽之亹亹成令雖甚敬憚猶以嶺外黃茅瘴患者髮落而戲曰黃茅瘴望相公保重相國曰南廣海黃茅瘴不死成和尚蓋譏成令曾為僧也終席慚恥之

韋尚書鑒盧相

唐大中初盧攜舉進士風貌不揚語亦不正呼攜為彗

蓋平聲短舌也韋氏昆弟皆輕侮之獨韋岫尚書如欽謂其昆弟曰盧雖人物甚陋觀其文章有首尾斯人也以是卜之他日必為大用乎爾後盧果策名竟登廊廟奬拔京兆至福建觀察使向使輕薄諸弟卒不展分所謂以醜失人者其韋諸季乎

薛逢賞王助

唐大中初錦州魏城縣人王助舉進士有奇文蜀自李白陳子昂後繼之者乃此侯也嘗撰魏城縣道觀碑詞

華典贍於時薛逢牧綿州見而賞之以其邑子延遇因以攺名助字次妄葢其文類王勃也自幼婦刋建薛使君列銜于碑陰以光其文雖兵亂焚蕩而螭首巋然好事者經過皆稅駕而覽之助後以聱廢無聞於世賴河東公振發增價而子孫榮之其子朴仕蜀至翰林學士

陳陶癖書

大中年洪州處士陳陶者有逸才歌詩中似負神仙之術或露王霸之說雖文章之士亦未足憑而以詩見志

乃宣父之遺訓也其詩句云江湖水深淺不足掉鯨尾又云飲氷狼子瘦思日鷓鴣寒又云中原不是無麟鳳自是皇家結網疎又云一鼎雄雌金液火十年寒暑鹿麑衣寄與東流任班鬢向隅終守鐵梭飛諸如此例不可殫記著癖書十卷聞其名而未嘗見之或云癖書是鍾離從事陳岳所著今兩存之

陽朔山水

王贊侍郎中朝名士有宏農楊邁者曾到嶺外見陽朔

荔浦山水談不容口以階緣嘗得接瑯琊從容不覺形於言曰侍郎曾見陽朔荔浦山水乎瑯琊曰某未曾打人脣綻齒落安得而見因之大笑楊寧俄而選求彼邑挈家南去亦州縣官中一高士也

淮浙解紛語

唐僖宗皇帝蒙塵于蜀朝士未集闕人掌誥樂朋龜侯翮輩雖居翰林而排難解紛之才非所長也高太尉鎮淮海擁兵不進與浙西周寶不睦表章遞奏各述短長

朝廷欲降詔和之學士草詞殊不愜旨前進士李端有壯筆軍容田令孜知之召而與語授以毫翰李仍清明飲數杯詔書一筆而成文藻之外乃奇辯也深稱上旨除行在知前誥官至省郎舊說李紳相鎮淮海奏薦副使章服累表不允有一舉人候謁紳相知其文詞請選一表其略云嘗道地管八州軍雄千乘副使著緑不稱其宜相國大喜果以此章而獲恩命也李太尉破昭義自草詔意而宣付翰林至如鄭文公自草高太尉詔皆

務集事非優局奪美也

吳融天幸

錢尚父始殺董昌奄有兩浙得行其志行人恥之吳侍郎越州蕭山縣人舉進士場中甚有聲采屢遭維縶不遂觀光乃脫山西上將及蘇臺界向顧有紫綬者二人追之吳謂必遭籠罩須臾紫綬者殊不相顧促遽前去至一津渡喚船命吳共濟比達岸杳然去之由是獲免爾後策名升朝是知分定者必有神明助之

沈蔣人物

沈詢侍郎清粹端美神仙中人也制除山北節旄京城誦曹唐游仙詩云玉詔新除沈侍郎便分茅土領東方不知今夜游何處侍從皆騎白鳳凰即風姿可知也蔣凝侍郎亦有人物每到朝士家人以為祥瑞號水月觀音前代潘安仁衛叔寶何以加此唐末朝士中有人物者時號玉筍班沈詢字仁偉官至丞郎人物酷似先德所謂世濟其美又外郎拜者榮不雜亦號玉筍班也

張濬樂朋龜與田軍容中外事

舊例士子不與内官交游十軍軍容田令孜擅回天之力僖皇播遷行至洋源百官未集闕人掌誥樂朋龜侍郎亦及行在因謁中尉仍請中外由是薦之充翰林學士張濬相自處士除起居郎亦出于方之門皆申一作由中外之敬洎車駕幸蜀朝士畢集一日中尉為宰相開筵學士洎張起居同預焉張公恥于對衆設拜乃先謁中尉便施謝酒之敬中尉訝之俄而賔主即席坐定中

尉白諸相曰某與起居清濁異流曾未中外既慮玷辱何憚改更令日猥地謝酒即又不可張公慚懼交集自此甚為羣彥薄之樂公舉進士初陳啟事謁李昭侍郎自媒云別於九經書及老莊洎八都賦外著八百卷書請垂比試誠有學問也然于制誥不甚簡當時人或未可之

薛少師拒中外事

唐薛廷珪少師右族名流仕于衰世梁太祖兵力日強

朝廷傾動漸自尊大天下懼之孤卿為四鎮官告使吏門客將劉翰先來頗會恐申中外孤卿佯言不會謂謁者曰某無德安敢輒受令公拜竟不為屈洎受禪之後勉事于梁而太祖優容之壽考而終也中間奉命冊蜀先主為司徒館中舊疾發動蜀人送當醫人楊僕俾攻療之孤卿致至感謝其書末請借肩輿歸京尋醫蜀主訝之乃曰幸有方藥何不俟愈而行堅請且駐行軒公謂客將曰夜來問此醫官殊不識字安可以性命委之

手竟不服藥而北歸後唐相國韋公説仕梁為中書舍人倅輅於錢塘先是錢尚父自據一方每要姑息梁主以河北闗西悉為勍敵又頻失利于淮海甚藉兩浙牽掎之其次又資用賦凡命使臣遠泛滄溟一則希其豐遺二則懼不周旋悉皆拜之錢公亦自尊大唯京兆公長揖而已既不辱命識者異之竟有嚴廓之拜也

楊晟義母 安師建附

唐楊晟始事鳳翔節度李昌符累立軍功因而疑之潛

欲加害昌符愛妾周氏愍其無辜密告之由是亡去而獲免也後為駕前五十四軍都指揮使除威勝軍節度使建節于彭州撫綏士民延敬賔客洎僧道輩各得其所厚于禮敬人甚懷之李昌符之敗因令求訪周氏既至以義母事之周氏自以少年復有美色恐有好合之請宏農告誓天地終不以非禮偶之每旦未視事前必伸問安之禮雖厄在重圍未嘗廢也新理之所兵力未完遽為王蜀先主攻圍保守孤城救兵不至十日而為

西川所破而害焉有馬步使安師建者楊氏之腹心也城克執之蜀先主知其忠烈冀為其用欲寛之師建曰某受楊司徒提拔不敢惜死先主歎一作嗟賞而行戮為設祭而葬之

成令公和州載

唐天祐中淮師圍武昌不解杜洪令公乞師於梁王梁王與荆方睦乃諷成令師兵救之於是稟奉霸主欲親征乃以巡屬五州事力造巨艦一艘三年而成號曰和

州載艦上列廳事洎司局有若衙州之制又有齋山載海之名其於華壯即可知也飾非拒諫斷自其意幕寮俛仰不措一詞唯孔目官楊厚贊成之舟次破軍山下爲吴師縱燎而焚之中令溺死兵士潰散先是改名曰汭汭字即水内也水内之死豈非前兆乎湖南及朗州軍入江陵俘載軍人百姓職掌伎巧僧道伶官並歸長沙改汭之名和州之説蓋前定也

韋太尉伐西川

唐陳敬瑄據成都府拒命韋太尉昭度充招討使率東川兵以代之王蜀先主時為草賊剽掠諸縣乃擁守下兵投掌武署為衙内指揮使資其爪牙也因奏請割西川數州就臨邛建度以授之蜀主卑謙多智事韋公甚謹掌武量其事勢終不能駕御況軍旅之事又非所長每欲攻城請戎服臨陣慮矢石所及不敢近前掌武曰軍人安敢無禮東川都顯有唐喫人者呼而戒之曰人肉何如猪羊乃賜一縎俾充肉價他皆倣此重圍二年

蜀城已困不日將下一旦門外諠譁以軍糧闕乏兵士擒曳掌武親友駱別駕（名志）者臠而啖之由是懼罹其禍遽託疾以西川牌印付蜀主而歸朝雖曰不武斯亦用智自免也

章魯封不幸

屯難之世君子遭遇不幸往往有之唐進士章魯封與羅隱齊名皆浙中人頻舉不第聲采甚著錢尚父土豪倔起號錢塘八都洎破董昌奄有杭越於是章羅二士

擢其籠罩然其出於草萊未諳事體重縣宰而輕郎官嘗曰某人非才只可作郎官不堪作縣令即可知也以章魯封為表奏自目官章拒而見咎差羅隱宰錢塘皆畏死稟命也章羅以之為恥錢公用之為榮（一作棊）玉石俱焚吁可惜也或云章魯封後與蘇州著章子三卷行於世羅隱為中朝所重錢公尋倍加欽官至給事中享壽考溫飽而卒

裴氏再行（歸登尚書附）

唐裴司徒璩性靳嗇廉問江西日凡什器圖障皆新其製閑屋緘貯未嘗施用每有宴會即於朝士家借之在番禺時鍾愛一女選滎陽鄭進士以壻之才過禮期遽屬秋薦不免隨計無何到京尋報物故五教念女及婚不勝悲痛而鄭偶笑之蓋夫婦之愛未深不解思慮非有他故也大凡士族女郎無改醮之禮五教念女早寡不能忘情乃召門生故吏而告之因一作曰別適人亂倫再醮自河東始裁元禎一作禎少監蘇涯中丞賜紫楊玭

少尹與五教親吏別駕説皆同　歸登尚書每浴皆屏左右自於浴斛中坐移時或有窺者見一巨龜吹水也

性甚鄙嗇嘗爛一牟脾族制旋噉封其殘者一旦内子於封處割食八座不見元封大怒其肉由是沒身不食肉斯亦食于和嶠之流也

閉門避蠻王先主附

西川自唐劉闢構逆後久無干戈人不習戰每歲諸道差兵屯戍大渡河蠻旗纔舉望風而潰嘁通中長驅直

抵府城居人有扃户而拒之蠻亦不敢扣門也害有一蠻迷路入廣都縣村墅里人相率數百輩呌譟而逐之蠻一回顧卻走如堵墻崩馬自晝及暝終不能擒致其怯懦如此 王蜀先主時雲南寇蜀蜀軍勇鋭欲吞之俘擒噉食不以為敵與向前之兵百倍其勇也

高太尉機詐

咸通中南蠻圍西川朝廷命太尉渤海高公駢自天平軍移鎮成都戎車未届乃先以帛書軍號其上仍畫一

符于郵亭遞之以壯軍聲蠻酋懲交趾之敗望驛（一作鐸）而遁先是府無羅郭南寇纔臨遂成煨燼士民無久安之計渤海覘畫地勢圖版築焉慮畚鍤將施亭堠有警乃命門僧景山（此僧多為掌武決策人謂是龐勛漏網而變名也）奉使人南詔宣命駢自巡邊自下手築城日舉烽直至大渡河凡九十三日樓櫓矗然旌旆竟不行而驃信讋慄不假兵以詐勝斯之謂也

張道古題墓

唐天復中張道士滄州蒲臺縣人擢進士第拜左補闕文學甚富介僻不羣因上五危二亂表左授施掾爾後入蜀先是所陳二亂疏云只令劉備孫權已生於世矣懼為蜀主所慽無路棲託洎逢開創誠思徵召為幕寮排擯卒不齒錄竟懼非命也嘗自筮遇凶卦預造一穴題表云唐左補闕張道古墓遇害而瘞之人之有購獲其上蜀主書遺藁極言幕寮掩其才學不為延譽又非違（一作達）時變盤桓取禍之流也（補闕深於彖象著書號易題數卷行於世）

敘巢居子

唐貞元中秭歸人覃正夫頃棲廬嶽帥符載徵名為文竟汩沒於巴巫也或有以其文數篇示愚辭韻挺特風調凜然真得武都之刀尺也號巢居子有二十卷愚因致書於歸州之衙校李玩俾搜訪之書未達前三日里人有家藏全集者適遇延爇而煨燼之嗟乎鄙於覃生異時也苟得繕寫流布振彼聲光而焚如之酷何不幸之甚也

羅衮不就西川辟李頻黄匪躬附

唐羅員外衮成都臨邛人應進士舉文學優贍操尚甚高唐大順中策名不歸故鄉時屬喪亂朝廷多故契濶兵難備歷飢寒蜀先主致書于翰林令狐學士吴侍郎選書記一員欲以桂陽應聘外郎謂知已曰誓擁馬通衢服弊布衣以俟外朝無復西歸爲魯國東家丘也一作孚竟通朝籍終於梁禮部員外郎也蜀人有志者唯外郎孚揚子云三息亡遺體葬於蜀與夫延陵季子何相

遠哉近代李頻黄匪躬皆嶺表人頻即遺其糟糠別婚士族黄即三十年不返鄉里于時妻母俱在又何心乎

高測啟事 韓昭附

唐高測彭州人聰明博識文翰縱横至於天文歷數琴棊書畫長笛胡琴率皆精巧乃梁朝朱异之流嘗謁高燕公上啟事自序其要云讀書萬卷飲酒百杯燕公曰萬卷書不易徵詰（一作不暇徵召）百杯酒得以奉試乃飲以酒果如所言僑皇帝幸蜀因進所著書除秘校卒于威勝

軍節度判官也　韓昭仕蜀至禮部尚書文思殿大學士粗有文章至於琴棊書畫射法悉皆涉獵以此承恩於後主時有朝士李台嘏曰韓八座事藝如拆襪線無一條長時人譏之

符載佚融歸隱 附趙雞

唐武都符載字厚之本蜀人有奇才始與楊衡宋濟棲青城山以習業楊衡擢進士第宋濟老死無成惟符公以王霸為許恥於常調懷會之望韋南康鎮蜀辟為支

使雖曰受知尚多偃蹇韋公於二十四化設醮請撰齋詞于時陪飲于摩訶之池符公離席盥漱命使院小吏十二人捧硯人分兩題繞一作緩步池濵各授口占其敏速如此劉闢時為金吾倉曹參軍依棲韋公特與譔真讚其詞云嬌嬌化初氣傑文雄靈螭出水秋鶚乘風行義則固輔仁乃通他年良覿麟閣之中洎京兆變故彭城知留務起雄據之意符為其所縻凡有代奏愈更恭順劉闢之敗也幕寮多罹其禍唯符生以牋奏藁草一

箧呈高崇文相公長揖東下棲于廬山即前之真讚可謂有先鑒也居潯陽二林間優游卒歲南昌軍奏請為副倅授奉禮郎不赴命小僮持一幅上于襄陽乞百萬錢買山四方交辟羔雁盈于山門草堂中以女技二十人娛侍聲名藉甚于時守道循常者號曰先人曾覽符公全集其文簡槩清使入其堂奥者唯建平口單正夫子宋濟雖有詞學其文汎汎非符之流湛賁卒於彭山宰蒙銘即宋文也

唐光啓中成都人侯翮風儀端秀有若冰壺以拔萃出身為邠寧從事僖皇播遷擢拜中書舍人翰林學

士內試數題目其詞立就舊族朝士潛推服之僖宗歸闕除郡不赴歸隱導江別墅號臥龍館王蜀先主圖霸屈致幕府先伴節度判官馮涓侯（一作俟）其作否馮有文章大名除眉州刺史田令孜拒朝命不放之任羈寓成都為侯公軫卹甚德之其辭（一作辟）書即馮涓極筆也侯有謝上王先主其自負云可以行脩牋表坐了檄書（其先人謂之小將也）

趙蕤者梓州鹽亭縣人也博學韜鈐長于經世夫婦俱有節操不受交辟撰長短經十卷王霸之道

見行于世

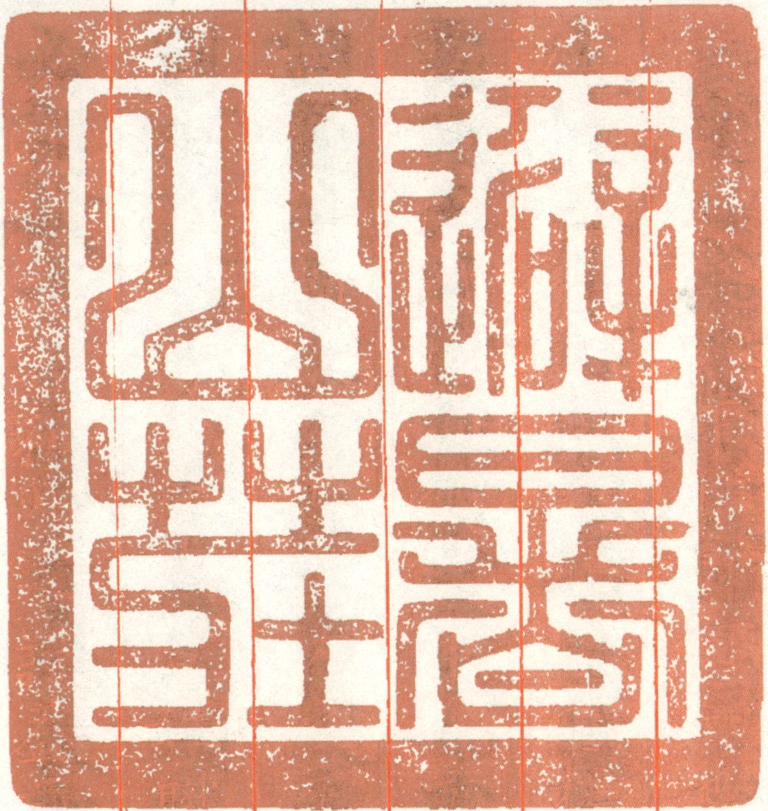

北夢瑣言卷五

欽定四庫全書

北夢瑣言卷六

宋　孫光憲　撰

吳湘事　劉漢宏附

唐李紳性剛直在中書與李衛公相善為朋黨者切齒鎮淮海日吳湘為江都尉時有零落衣冠顏氏女寄寓廣陵有容色相國欲納之吳湘强委禽焉於是大怒因其婚娶聘財反甚豐乃羅織執勘凖其俸料之外有陳

設之具生贓奏而殺之懲無禮也宣宗初在民間備知其屈登極後與二李不叶者導而進狀訴究衛公以此出官朱厓路由澧州謁寄寓朝士曰李二十誤我也馬植曾為衛公所忌出為外任吳湘之事鞫於憲臺扶風時為中憲得行其志焉吳湘乃澧州人顔蕘歸澧陽孀獨而終舊説浙東理難十分公事紳相曉得五六唯劉漢宏曉得七分其他廉使及三四而已蓋公之才難得也已

裴相生於于闐國事雙峯禪師文如海道士附

唐裴相公休留心釋氏精於禪律師圭峯密禪師得達摩頓門密師注法界觀禪詮皆相國撰序常被毳衲於歌妓院持鉢乞食自言曰不為俗情所染可以說法為人每發願世世為國王宏護佛法後于闐國王生一子手文有相國姓字聞於中朝其子弟欲迎之彼國敕旨不允也　雙峯禪師聚徒千人談元之盛無能及也一旦惑於民女而敗道焉是知淫為大罰信矣相國李公

蔚始與師善為致一窣而已　道士文如海注莊子文詞浩博懇求一尉與夫湯惠休廖廣宣旨趣共卑也惜哉

韋氏女配劉謙事

丞相韋公宙出鎮南海有小將劉謙者職級甚卑氣宇殊異乃以從猶女妻之其内以非我族類慮招物議諷諸幕寮請諫止之丞相曰此人非常流也他日吾子孫或可依之謙以軍功拜封州刺史韋夫人生子曰隱曰

巖隱為廣帥巖嗣之奄有嶺表四府之地自建號曰漢改名龑在位經二紀而終次子嗣即京兆知人之鑒非謬也

田布尚書傳

唐通義相國崔魏公之鎮淮揚也盧丞相耽罷浙西張郎中鐸罷常州俱過維揚謁魏公公以暇日與二客私款方奕有持狀報女巫與田布尚書偕至淯逆旅其亭者公以神之至也甚異之俄而復曰顯驗與他巫異

請改舍於都候之廨署公乃趣名巫者至至乃與神遇拜曰謝相公公曰何謝神曰布有不肖子黷貨無厭郡事不治當犯大辟賴相公陰德免焉使布之家廟血食不絕者公之恩也公矍然曰異哉某之為相也未嘗以機密損益於家人忽一日夏州節度使奏銀州刺史田鐵犯贓罪私造鎧甲以易市邊馬布帛帝赫然怒曰贓罪自别議且委以邊州所宜防盜以甲資敵非反而何命中書以法論將盡赤其族翌日從容謂上曰鐵贓罪

自有憲章然是宏正之孫田布之子宏正首以河朔請（一作詔）朝覲奉吏員布亦繼（一作然）父之欵布會征淮口繼以忠孝伏劒而死令若行法論罪以固邊圉未若因事宏貸激勸忠烈上意乃解止黜授遠郡司馬而某未嘗一出口於親戚私昵已將忘之今神之言正是其事乃命廊下表而見焉公謂之曰君以義烈而死奈何區區為愚婦人所使乎神憮然曰某常負此嫗八十萬錢今方忍耻而償之乃宿債爾公與二客及監軍使幕下共

償其未足代付之自言事不驗神乃辭去梁相國李公琪傳其事且曰嗟乎英特之士負一女子之債死且如是而况於負國之大債乎竊君之債死且如盜君之柄而不忠豈一作宜其未得聞於斯論耶一作也而崔相國出入將相殆三十年也宜哉

李太尉請修狄梁公廟事

李德裕太尉未出學院盛有詞藻而不樂應舉吉甫相俾親表勉之掌武曰好騾馬不入行由是以品子叙官

也吉甫相與武相元衡同列事多不叶每退公詞色不懌掌武啟白曰此出之何難乃請修狄梁公廟於是武相漸求出鎮智計已聞於早成矣愚曾覽太尉三朝獻替録真可謂英才竟罹朋黨亦獨秀之所致也

同昌公主事

宣宗希冀遐齡無儲嗣宰臣多有忤旨者懿宗藩邸常懷危慄後郭美人誕育一女未踰月卒適值懿皇傷憂之際皇女忽言得活登極後鍾愛之封同昌公主降韋

保衡恩澤無比因有疾湯藥不效而殞醫官韓宗昭康守商等數家皆族誅劉相國瞻上諫懿皇不聽懿皇嘗幸左軍見觀音像陷地四尺問左右對曰陛下中國之天子菩薩即邊地之道人上悅之冦入京郭妃不及奔赴行在乞食於都城時人乃嗟之同昌公主奢華事見蘇鶚杜陽雜編

俟昌業表

唐自廣明後閹人擅權置南北廢置使軍容田令孜有回天之力中外側目而王仙芝黄巢剽掠江淮朝廷憂

之左拾遺侯昌業上疏極言時病留中不出命於仗内戮之後有傳侯昌業疏詞不合事體其末云請開揭諦道場以消兵厲似為庸僧偽作也必若侯昌業以此識見犯上宜其死也

李常侍遇道術

隴西李涪常侍福相之子質氣古淡（一作泊）光化中與諸朝士避地梁川小貂日游鄰寺以散欝陶寺僧有奭公者因與小貂相識每晨他出或赴齋請苟小貂在寺即

不扃鐍其房請其宴息久而彌篤乃曰李常侍在寺爭忍闔扉乎或一日從容謂小貂曰世有黄白之術信乎好之乎貂曰某雖未嘗留心安敢不信又安敢輒好僧曰貧道之每拂曙出寺為修功徳因縁也仰常侍徳宣敢秘惜小貂辭遜再三竟得其術爾後最受三峯朝相四入崔相恩知每遇二公載誕之辰乃獻銀樂孟子此外雖家屢空終不自奉亦不傳於子孫遂平宰李璩乃嫡孫也嘗為愚話之廣成杜光庭先生常云未有不修

道而希得仙術苟得之必致禍矣唯名行謹潔者往往得之即李貂之謂也

陸相公勸酒事 朱進士酒狂東皐子劉虛白附

陸相扆出典夷陵時有士子修謁相國與之從容因命酒勸此子辭曰天性不飲酒相國曰誠如所言已校五分矣蓋平生悔吝若有十分不為酒困自然減半也

朱秀才遂寧府人處餘舉進士有楊貴妃别明皇賦最佳然狂於酒隴州防禦使鞏咸乃蜀將也朱生以鄉人

下第謁之輩亦使酒新鑄一劍乃曰如何得一漢試之未便引頸俄而身首異處惜哉死非其所即陸公之戲誡哉善言也　東皐子王勣字無功有杜康廟碑醉鄉記俻言酒德竟陵人劉虛白擢進士第嗜酒有詩云知道醉鄉無戶稅任他荒却下丹田世之嗜酒者苟為孔門之徒得無違告誡乎

裴鄭立襄王事

唐僖宗再幸梁洋朱玫立襄王宰相蕭遘裴澈鄭匡圖

等同奉之洎破僞主而僖皇反正裴鄭等皆罹大辟始具兵衛四圍矛槊森然裴相猶戲曰天子之墻數仞也蕭遘相就河中賜毒握之在手自以主上舊恩希貶降久而毒爛其手竟飲之而終

田軍容檄韋太尉

唐太尉韋公昭度舊族名人位非忝竊而沙門僧澈承恩為人潛結中禁京士與一二時相皆因之大拜悟達國師知元乃澈之師也嘗鄙之諸相在西川行在每謁

悟達皆申跪禮國師揖之請於僧澈處喫茶後掌武伐成都田軍容致檄書曰伏以太尉相國頃因和尚方始登庸在中書則開鋪賣官居翰苑則借人把筆蓋謂此也

朱李騶進

唐李師望乃諸宗屬也自負才術欲以方面為己任因旅游邛蜀備知南蠻之勇怯遂上書希割西川數州於臨邛郡建定邊軍節度詔旨允之乃自鳳翔少尹擢領

此任于時西川大將嫉其分裂巡屬乃陰通（一作致意）南詔於是蠻軍為近界鄉豪所導侵軼蜀川元戎竇滂不能遏截師望亦尋受貶黜隴西（又云因任華陽捕賊）光化中朱朴自毛詩博士登庸恃其口辯可以立致太平由藩邸引導聞於昭宗遂有此拜對敭之日面陳時事數條每言臣為陛下致之洎操大柄無以施展自是恩澤日衰中外騰沸內優曰俳優穆刀陵作念經行者至御（一作獅）前曰若是朱相即是非相昱日出官時人曰拔士為相自

古有也君子一作此不恥其言之不出恥躬之不逮况唐末喪亂天下阻兵雖負奇才不能謀畫而朱公一儒生以區區辯給欲整其亂祇自取辱焉涓縷未申而教樂僮吹篳篥甚為識者所責也

李羣玉輕薄事韋沆李璩附

唐李羣玉校書字文山澧州人有詩名散逸不樂應舉親友强之一上而已嘗受知於相國河東裴公休為其延譽因進詩授宏文館校書終於荆襄間然多狎酒徒

疑其為張祜之流李少逢善夷謫官澧陽備知其行止因為紀之乃清介高節之人非輕率之士疑為同人所謗或曰曾為荆之幕下假書題謁澧吏艾使君李謂艾侯曰小子困甚幸使君痛救之州將以一作戒其輕脫所濟不厚也又近年京兆韋沆者衣纓舊族亦攻古文流落不偶而沒於世隴西李璩乃福相之曾孫也常宰襄州鄉樂縣京兆僑于是邑常來干擾李亦祇奉不厭一旦謂李宰曰客有相勉且求一邑以救飢寒室人聞之

大怒曰人喚郎為長官即得喚我作長官夫人即不可

隴西聞而鄙薄亦笑亦怒也

以歌詞自娛 蜀相韋莊晉相和凝附

先是李遠以曾有詩云人事三盃酒流年一局棊唐宣

宗以其非牧人之才不與郡守宰相為言然始俞允

蜀相韋莊應舉時遇黃寇犯闕著秦婦吟一篇内一聯

云内庫燒為錦繡灰天街踏盡公卿骨爾後公卿亦多

垂訝莊乃諱之時人號秦婦吟秀才他日撰家戒内不

許埀奏婦吟障子以此止謗亦無及也　晉相和凝少年時好為曲子詞布於汴洛洎入相專託人收拾焚毀不暇然相國厚重有德終為艷詞玷之契丹入夷門號為曲子相公所謂好事不出門惡事行千里士君子得不戒之乎　又云長日唯消一局棊兩存之

劉蜕奏令狐相

宣宗以政事委相國令狐公君臣道契人無閒然劉舍人每訐其短密奏之宣宗留中但以其事規於相國而

不言其人姓名其間以丞相子拔解就試疏略云號曰無解進士其實有耳未聞云云又以子弟納財賄疏云白日之下見金而不見人云云丞相憾之乃俾一人為其書吏謹事之縶微訖以腹心都不疑慮乃為一經業舉人致名第受賂十萬為此吏所告由是貶之君子曰彭城公將欲律人先須潔己安有自負贓汙而發人之短乎宜其不躋大位也先是令狐相自以單族每欲繁其宗黨與崔盧抗衡凡是富家率皆引進皇籍有不得

官者欲進狀請改姓令狐時以此少之

陸龜蒙追贈 薛許州附

唐吳郡陸龜蒙字魯望舊名族也其父賓虞進士甲科浙東從事侍御史家于蘇臺龜蒙幼精六籍弱冠攻文與顏蕘皮日休羅隱吳融為益友性高潔家貧思養親之禄與張博為吳興廬江二郡倅著吳興實録四十卷松陵集十卷笠澤叢書五卷丞相李公蔚盧公攜景重之羅給事寄陸龜蒙詩云龍樓李丞相昔歳仰高文黄

閣今無主青山竟不焚蓋嘗有徵聘之意唐末以左拾遺授之詔下之日疾終光化三年贈右補闕吳侍郎融傳貽史右補闕韋莊撰誄文相國陸希聲撰碑文給事中顏蕘書皮日休博士爲詩皮冦死浙中方干詩名著於吳中陸未許之一旦頓作詩五十首裝爲方干新製時輩吟賞降仰陸謂曰此乃下官效方干之作也方詩在模範中爾竒意精識者亦然之　薛許州能以詩道爲己任還劉德仁卷有詩云百首如一首卷初如卷終

譏劉不能變態乃陸之比也

顔給事墓銘

顔給事蕘謫官没於湖外嘗自草墓誌性躁急不能容物其誌詞云寓于東吳與吳郡陸龜蒙為詩論之交一紀無踰龜蒙卒為其就木至穴情禮不缺其後即故諫議大夫高公丞之故丞相陸公扆二君於蕘至死不變其餘面交皆如攜手過市見利即解攜而去莫我知也復有吏部尚書薛公貽矩兵部侍郎于公兢中書舍人

鄭公撰三君子者余今日已前不變不知異日見余骨肉孤幼復如何哉

李磎行狀梁補闕附

司空圖侍郎撰李公磎行狀以公有出倫之才為時輩妬忌罹於非横其平生著文有百家著諸心要文集三十卷品流誌五卷易之心要三卷注論語一部明無為上下二一作三篇義說一篇倉卒之辰焚於賊火時人無所聞也惜哉陽春白雪世人寡和豈虛言也葆光子曰

唐代韓愈柳宗元洎李翺李觀皇甫湜數君子之文陵轢荀孟糠粃顏謝其所宗仰者唯梁浩補闕而已乃諸人之龜鑑而梁之聲采寂寂豈陽春白雪之流乎是知俗譽喧喧者宜鑒其濫吹也

白太傅墓誌 盧鄭二相附

白太傅與元相國友善以詩道著名時號元白其集內有詩輓元相云相看掩淚俱無語别後傷心事豈知想得咸陽原上樹已抽三丈白楊枝洎自撰墓誌云與彭

城劉夢得為詩友殊不言元公時人疑其隙終也鄭
文公畋與盧相攜親表也閥閱相齊詞學相均同在中
書因公事不叶揮霍間言語相擠詬不覺硯瓦翻潑謂
宰相鬬擊亦不然也竟以此出官矣

內官改創職事竇給事附

古者閹官擅權專制者多矣其間不無忠孝亦存簡編
唐自安史已來兵難薦臻天子播越親衛戎柄皆付大
閹魚朝恩竇文場乃其魁也爾後置左右軍十二衛觀

軍容處置樞密宣徽四院使擬於四相也十六宫使皆宦者為之分卿寺之職以權為班行備員而已供奉官紫綬入侍後軍容使楊復恭俾其襴笏宣導自宏農改作也嚴遵美内褐之最良也嘗典戎唐末致仕居蜀郡鄙叟庸夫時得親狎其子仕蜀至閤門使曾為一僧致紫袈裟僧來感謝書記所謝之語於掌中方屬炎天手汗模糊文字莫辨折腰（一作行膝）而趨汗流喘乏只云伏以軍容寂無所道抵掌視之良久云貌寢人微凡事無能

嚴公曰不敢退而大咍嚴公物故蜀朝册贈命給事中
竇雍堅不承命雖偏霸之世亦不苟且士人多之

羅顧升降方干附

唐羅給事隱顧博士雲俱受知於相國令狐公顧雖鹺
商之子而風韻詳整羅亦錢塘人鄉音乖剌相國子弟
每有宴會顧獨與之丰韻談諧莫辨其寒素之士也顧
文賦為時所稱而切於成名嘗有啓事陳於所知只望
丙科盡處竟列名於尾株之前也令狐召學士話於梁震先輩愚於梁公處

聞之羅既頻不得意未免怨望竟為貴子弟所排契濶東歸黃冠事平朝賢議欲召之韋貽範沮之曰某曾與之同舟而載雖未相識舟人告云此有朝官羅曰是何朝官我脚夾筆可以敵得數輩必若登科通籍吾徒為秕糠也由是不果召

詩人方干亦吳人也王龜大夫重之既延入內乃連下兩拜亞相安詳以答之未起間方又致一拜時號方三拜也

李琪書樹葉

梁李相國琪唐末以文學策名仕至御史昭宗播遷衣冠蕩析因與宏農楊玢藏跡於荊楚間楊即泝蜀琪相盤桓於夷道之清江自晦其迹號華原李長官其堂兄光符宰宜都嘗厭薄之琪相寂寞每臨流跋石摘樹葉而試草制詞吁嗟怏悵而投於水中梁祖受禪徵入拜翰林學士尋登廊廟爾後宜都之子彬羇旅渚宮因省相國乃數厥父之所短而遺之矣

杜荀鶴入翰林 平曾賈島

唐杜荀鶴嘗游梁獻太祖詩三十章皆易曉也因厚遇之洎受禪拜翰林學士五日而卒朱崖李太尉獎拔寒俊至於掌誥率用子弟乃曰以其諳練故事以濟緩急也如京兆者一篇一詠而已經國大手非其所能幸而殂逝免貽伊恥也制敗平曾賈島以其僻澀之才無所采用皆此類也

樂工關小紅 石潨附

唐昭宗刼還百官蕩析名娼伎兒皆為強諸侯有之供

奉彈琵琶樂工號關別駕小紅者小名也梁太祖求之既至謂曰爾解彈陽下采桑乎關伶俛而奏之及出又為親近者俾其彈而送酒由是失意不久而殂復有琵琶石潨者號石司馬自言早為相國令狐公見賞俾與諸子渙瀜連水邊作名也亂後入蜀不隸樂籍多游諸大官家皆以賓客待之一日會軍校數員飲酒石潨以胡琴擅場在坐非別音者諠譁語笑殊不傾聽潨乃撲槽而詬曰某曾為中朝宰相供奉今日與健兒彈而不

蒙我聽何其苦哉于時識者亦歎訝之喪亂以來冠履顛倒不幸之事何可勝道豈獨賤伶云乎哉

孫內子 蕭惟香附

唐樂安孫氏進士孟昌期之內子善為詩一旦併焚其集以為才思非婦人之事自是專以婦道內治孫有代夫詩贈人白蠟燭曰景勝銀釭香比蘭（一作自古清香勝蕙蘭）一條白玉逼人寒他時紫禁春風夜醉草天書仔細看又聞琴詩曰玉指朱絃軋後清湘妃愁怨最難聽初疑颯

颯凉風動又似蕭蕭暮雨零近若流泉來碧嶂遠如元鶴下青冥夜深彈罷堪惆悵霧濕叢蘭月滿庭又代謝崔家郎君酒詩曰謝將清酒寄愁人澄徹甘香氣味真好是緑窗明月夜一盃摇蕩滿懷春又台州盤㠛村有一婦人蕭惟香有才思未嫁於所居牕下與進士王元宴相對因奔瑯琊復淫冶不禁王舍於逆而去去遂私接行客託身無所自經而死店有數百首詩所謂才思非婦人之事誠然也哉聞於劉山甫

北夢瑣言卷六

北夢瑣言卷七

宋 孫光憲 撰

孟浩然趙嘏以詩失意

唐襄陽孟浩然與李太白交游元宗徵李入翰林孟以故人之分有彈冠之望久無消息乃入京謁之一日元宗召李入對因從容說及孟浩然李奏曰臣故人也見在臣私第上急令召賜對俾口進佳句孟浩然誦詩曰

北闕休上書南山歸敝廬不才明主棄多病故人踈上意不悅乃曰未曾見浩然進書朝廷退黜何不云氣蒸雲夢澤波動岳陽城縁是不降恩澤終於布衣而已宣宗索趙嘏詩其卷首有題秦皇詩其略云徒知六國隨斤斧莫有羣儒定是非上不悅或云孟郊王維於翰林今兩存之

鄭綮相詩 李程附

唐相國鄭綮雖有詩名本無廊廟之望常典廬州吳王楊行密為本州步奏官因有遺闕而笞責之然其儒懦

清慎宏農常重之昭宗時吳雄據淮海朝廷務行姑息因一作恩盛言鄭公之德由是登庸中外驚駭于時皇綱已紊四方多故相國既無施展事必依違太原兵至渭北天子震恐渴於攘却之術相國奏對請於文宣王謚號中加一哲字其不究時病率此類也同列以其忝竊每譏侮之相國乃題詩於中書壁上其詞曰側坡蛆岷崘蟻子競來拖一朝白雨下無鈍無嘍囉意者以時運將衰縱有才智亦不能康濟當有玉石俱焚之慮也時

亦然也相國題老僧詩云日照西山雪老僧門未開凍餅粘柱礎宿火焰爐灰童子病歸去鹿麑寒入來常云此詩屬對可以稱衡重輕不偏也或曰相國近有新詩否對曰詩思在灞橋風雪中驢子上此處何以得之蓋言平生苦心也　李程以日五色賦擢第為河南尹日試舉人有浩虛舟卷中行日五色賦程相大驚慮掩其美伸覽之次服其才麗至末韻侵晚水以芒動俯寒山而秀發程相大咍曰李程賦且在瑞日何為到夜秀發

由是浩賦不能陵邁

來鵬詩沈光陽敬之附

唐進士來鵬詩思清麗福建韋尚書岫愛其才曾欲以子妻之而後不果爾後游蜀夏課卷中有詩云一夜緑荷風翦破賺他秋雨不成珠識者以為不祥是歳不隨秋賦而卒於通議郎　前進士沈光有洞庭樂賦韋八座岫謂朝賢曰此賦乃一片宫商也後辟為閫從事宏農楊敬之撰華山賦朱崖李太尉每置座右行坐諷

之其略云見若咫尺田千畝矣見若環堵城千雉矣見若杯水池百里矣見若蟻垤室九層矣醯往來缺周東西矣蠛蠓紛紛強秦去矣蜂巢聯聯構阿房矣俄而復然立建章矣小星奕奕焚咸陽矣累累蠶粟祖龍藏矣其十一作千載改更興一作與懷悲愁辛苦循其上矣楊氏華陰之茂族冠蓋甚遠此乃寄意於華山而言世事實雄才也

李學士賦讖　劉昌美勾偉附

唐乾寧中劉昌美典夔州時屬夏潦峽漲湍險俚俗云

灔澦大如馬瞿塘不可下於是行旅輟棹而候水平一作濟去焉有朝官李荛學士挈家自蜀沿流將之江陵郡牧以水勢正惡且望少駐以圖利涉隴西忽遽殆一作若為人所一作之促召堅請東下不能止之才鼓行橈長揖而别州將目送之際盤渦呀裂破其船而倒李一作卓一家溺死焉或云一行船次共一百二十人皆溺死唯妳嫗一人隔夜為駭浪推送江岸而蘇先是永安監竈户陳小奴掉空船下瞿塘見崖下有一人裹四縫帽穿白缺衫阜義襴青袴

執鐵蒺藜問李公之行邁自云迎候其姊嫗蘇後亦說於刺史云李學士至一官署上廳事朱門白壁寮吏參賀又聞云此行無姊嫗名遂送出水濆于時具以其事奏聞自後以瞿塘為水府春秋祭之初隴西文賦中有金釵墜井賦至是讖焉世傳云人之正直死為㝠官道書云酆都陰府官屬乃人間有德者卿相為之亦號陰仙近代朱崖李太尉張讀侍郎小說咸有判㝠之說劉昌美兩典夔州雲安縣僧元悟曾有蜀川將校王尚

書者舍已俸三百千以修觀音堂此像有靈矣乃剩三十千入己一旦物故經七日鄰於腐壞忽然再蘇灌湯藥以輔之言曰初至官曹見劉行軍即昌美也說云何乃侵用功德錢以舊曾相識放歸須還此錢元悟乃戒門人鬻衣鉢而償之尋復卒也　西川孔目官勾偉於其輩最號廉直綿竹縣民王氏子病困入冥因復還魂見冥官謂曰我即勾孔目也家在成都西市曾貸人錢三萬未償汝今歸去為我言於家人曰王氏後訪勾氏子仍以債

主姓名言之果為酬還

盧詩三遇

唐盧延讓業詩二十五舉方登一第卷中有句云狐衝官道過狗觸一作判店門開租庸張濬一作相親見此事每稱賞之又有餓猫臨鼠穴饞犬舐魚砧之句為成中令汭見賞又有栗爆燒氊破猫跳觸鼎翻句為王先生建所賞嘗謂人曰平生投謁公卿不意得力於猫兒狗子也人聞而笑之盧嘗有詩云不同文賦易為是者一作著

之乎復一作後入翰林閣筆而已同列戲之曰不同文賦易為是者之乎竟不稱職數日而罷也

李澣行文卷 皮日休莊布附

唐晉相李澣磎相之子也文學淵奧迴出輩流于時公相之子弟無能及者應舉時文卷行明易先生書又有荅明易先生書朝士覽之不測涯涘即其他文章可知也然恃才躁進竟罹非禍爾後磎相追雪贈太子太師謚曰文司空圖撰行狀澣贈禮部員外郎先是劉崇魯

舍人撰磔相麻因而貶黜浣以大彭一作彰先世因贓仰藥撰鸚鵡杯賦李浣酬詞云王犬吠天關彩童哭仙吏一封紅篆書為奏塵寰事八極鼇柱傾四溟龍鬣沸長庚冷有芒文曲淡無氣烏輪不再中黃沙瘞腥鬼請帝命真官臨雲啟金匱方與清華宮重正紫極位曠古雨露恩安得借沾施生人血欲盡攙槍無飽意甚有文義焉又皮日休曾謁歸融尚書不見因撰夾虵龜賦譏其不出頭也而歸氏子亦撰皮靸鞋賦遞相謗誚皮生後

為湖南軍倅亦甚傲誕自號間氣布衣莊布以長書責之行於世也

鄭準集軍書

唐滎陽鄭準以文筆依荆州成中令常欲比肩陳阮自集其所作為三卷號劉表軍書雖有胸襟而辭體不雅至祝朝貴書云中書令舍人曰草麻通事舍人曰奏可又賀襄州趙令嗣襲其書云不沐浴佩玉而石祁兆不登山取符而無恤封是於慶賀中顯言其庶賤也鄭道

之敬其若是乎應舉日詩卷題水牛曰護犢横身立逢人揭尾跳朝士以為大笑

鄭準譏陳詠

唐前朝進士陳詠眉州青神人有詩名善奕棊昭宗刼遷駐蹕陜郊是歲策名歸蜀韋書記莊以詩賀之又有鄉人拓善者屬和韋詩其略云讓德已聞多士伏沽名還得世人聞譏其比滌器當壚也謬稱馮副使涓詩以涓多諧戲故也或云蜀之拓善者作此詩假馮公之名

也潁川常以詩道自負謁荆幕鄭準準亦自負雄筆謂潁川曰今日多故不暇操染有三數處回緘祈為假手潁川自旦及暮起草不就蓋欲以高之其詩卷首有一對語云隔岸水牛浮鼻渡傍溪沙鳥點頭行京兆杜光庭先生謂曰先輩佳句甚多何必以此為卷首潁川曰曾為朝貴見賞所以刻於卷首章都是假譽求售使然也

王超牋奏石欽若許存附

唐末鳳翔判官王超推奉李茂貞挾曹馬之勢牋奏文檄恣意翱翔王蜀先主初下成都馮涓節制判掌其奏牋歲久轉廳以掌記辟韋莊郎中於權變之間未甚愜旨閬州人王保晦有文才而無體式然其切露直致易為曉悟加以鳳翔用王超牋奏超以一本舊族思偶風雲每遇飛章言僞而辯蜀先主愛之以二王書題表稿示長樂公公乃致書遜謝倍加賛賞其要曰有眼未見有耳未聞蓋其阻兵恃强失事君去就王超後為興元

留後遇害有鳳鳴集三十卷行於世後又有名石欽若者體效其筆為劉知俊判官隨軒降蜀不能謙退遠害賓主爭露鋒穎竟同誅之閱其緘題表章行行然宜其見忌而取禍也許存初背荆州成中令降蜀先主有意殺之親吏柳脩業勸其謙靜每立大功而皆託疾由是獲免於先主之世即彭城之舊寮不若高陽之小吏矣

王超全集三十卷今只見三卷聞於盧卿宏也一作也

李商隱草進劒表蜀庚傳昌顧雲附

李商隱員外依彭陽令狐公楚以牋奏受知相國危急有寶劒嘗為君上所賜將進之命李起草不愜其旨因口占云前件劒武庫神兵先皇特（一作所）賜既不合將歸（一作於）泉下又不宜留在人間時人服其簡當彭陽之子綯繼有韋平之拜似疎隴西未嘗展分重陽日義山詣宅於廳事上留題其略云十年泉下無消息九日樽前有所思郎君官重施行馬東閤無因許再窺相國觀之慚悵而已乃扃閉此廳終身不處也　蜀中庾傳昌舍

人始為永和府判官文才敏贍傷於冗雜因侯相國張公有故未及見庚怒而歸草一啟事僅數千字授於謁者拂袖而去他日張相謂朝士曰庚舍人見示長牋不可多得雖然曾聞其草角觝牒詞動乃數幅譏其無簡當體要之用也（鈔本有尺有所短寸有所長向聞於古人也十四字）黄籙壇場星辰備位顧雲博士為高燕公草齋詞云天靜則星辰可摘奇險之句施於至敬可乎唐末亂離渴於救時之術孔相國緯每朝士上封事不暇周覽但曰古今存亡

甚知之矣未審所陳利害其要何何蓋鄙其不達變也

國子司業于晦曾上崔相國公允啓事數千字上至堯舜下及隋唐一興一替歷歷可紀其末散漫殊非簡略所以儒生中通變者鮮矣裴晉公臨終進先帝所賜玉帶表文與令狐公事頗同未知孰是舊朝士多云李義山草進劒表令狐公曰令日不暇多云信口占之

高崇文相國詠雪

唐高相國崇文本薊州將校也因討劉闢有功授西川節度使一旦大雪諸從事吟賞有詩渤海鄙言多呼人

為髇兒恐是姣字此日筵上謂賓客曰某雖武夫亦有一詩乃口占云崇文崇武不崇文提戈出塞號將軍那個髇兒射鴈落白毛空裏落紛紛其詩著題皆謂北齊敖曹之比也太尉駢即其曾孫也鎮蜀日以蠻蜑侵暴乃築羅城城四十里朝廷雖加恩賞亦疑其固護或一日聞奏樂聲知有改移乃題風箏寄意曰夜靜絃聲響碧空宮商信任往來風依稀似曲才堪聽又被移將别調中旬日報到移鎮渚宮

洞庭湖詩 李洞 包賀 盧延讓 顧況附

湘江北流至岳陽達蜀江夏潦後蜀漲勢高遏住湘波讓而退溢為洞庭湖凡濶數百里而君山宛在水中秋水歸壑此山復居於陸唯一條湘川而已海為桑田於斯驗也前輩許棠過洞庭詩最為首出爾後無繼斯作詩僧齊己駐錫巴陵欲吟一詩竟未得意有都押衙者蔡姓而忘其名戲謂己公曰題洞庭者某詩絕矣諸人幸勿措詞己公堅請口劄押衙抑揚朗吟曰可憐洞庭

湖恰到三冬無髭鬚以其不成湖也諸僧大笑之　進士李洞慕賈島欲鑄而頂戴嘗念賈島佛而其詩體又僻于賈　復有包賀者多為粗鄙之句至於苦竹笋抽青橛子石榴樹挂小瓶兒又云霧是山巾子船為水靸鞋又云棹揺船掠鬢風動竹搥胸雖好事托以成之亦空穴来風之義也　盧延讓哭邊將詩曰自是硇砂發非干礮石傷牒多身上職盌大背邊瘡人謂此是打脊詩也世傳逸詩云牖下有時留客宿室中無事伴僧眠

號曰自落便宜詩　顧況著作披道服在茅山有一秀才行吟曰駐馬上山阿久思不得顧曰何不道風來屎氣多秀才云賢莫無禮顧曰是況其人慚惕而退僕早歲嘗和南越詩云曉廚烹淡菜春杼織橦花牛翰林覽而絕倒莫喻其旨牛公曰吾子只知名安知淡菜非雅物也後方曉之學吟之流得不以斯為戒也

高蟾以詩策名　胡曾羅隱附

進士高蟾詩思雖清務為奇險意踈理寡實風雅之罪

人薛許州謂人曰倘見此公欲贈其掌然而落第詩曰天上碧桃和露種日邊紅杏倚雲栽芙蓉生在秋江上不向春（一作東）風怨未開蓋守寒素之分無躁競之心公卿間許之先是胡曾有詩曰翰苑何時休嫁女文章早晚罷生兒上林新桂年年發不許平人折一枝羅隱亦多怨刺當路子弟忌之由是渤海策名也愚嘗覽李賀歌詩篇慕其逸才奇險雖然嘗疑其無理未敢言於時輩或於奇章公集中（奇章集中僧孺給事中）見杜子微牧有言長

吉若使稍加其理即奴僕命騷人可也是知通論合符不相遠也

韋杜氣槩李頻附

杜荀鶴曾得一聯詩云舊衣灰絮絮新酒竹篘篘時韋相國説右司員外郎寄寓荆州或語於韋公曰我道印將金鏁鏁簾用玉鈎鈎即京兆大拜氣槩詩中已見之矣或有述李頻詩於錢尚父曰只將五字句用破一生心尚父曰可惜此心何所不用而破於詩句苦哉

梁震無禄

唐荆南節判司空董與京兆杜無隠即滑臺杜慆常侍之子洎蜀人梁震俱稱進士謁成中令欲希薦送有薛少尹者自蜀沿流至渚宫三賢甞訪之一日薛尹亞謂司空曰閣下與京兆勿議求名必無所遂杜亦不夀唯大賢忽為人縶維官至朱紫如梁秀才者此舉必捷然登第後一命不沾也後皆如其言梁公却思歸蜀重到渚宫江路梗紛未及西泝淮師寇江陵渤海王邀至府

銜俾草檄書欲辟於府幕堅以不仕為志渤海敬諾之二紀依棲竟麻衣也薛尹之言果驗耶

夏侯生説劉僕射事

廣南劉僕射崇龜常有台輔之望必謂罷政便期直上羅浮處士夏侯生有道彭城重之因問將來之事夏生言其不入相發後三千里有不測之事洎歸闕至中路得疾而薨劉山甫亦蒙夏生言示五年行止事無不驗蓋飲啄之有分也

曹相夢剃度

唐曹相國確判計亦有台輔之望或夢剃度為僧心甚惡之有一士占夢多驗相國召之具以所見語（一作詰）之此人曰前賀侍郎旦夕必登庸出家者號剃度也無何杜相出鎮江西而相國大拜也

元德感

福建道以海口黃碕岸橫石巉峭常為舟楫之患閩王瑯邪王審知思欲制置憚於力役乾寧中因夢金甲神

自稱吳安王許助開鑿及覺話於賓寮因命判官劉山甫躬往設一作致祭具述所夢之事三奠未終海內靈怪具見山甫乃憩於僧院憑高觀之風雷暴興見一物非魚非龍鱗黃鬣赤凡三日風雷止霽已別開一港甚便行旅當時録奏賜號甘棠港閩從事劉山甫乃中朝舊族也著金溪閒談十二卷愚嘗略得披覽而其本偶亡絶無人收得海隅迢遞莫可搜訪今之所集云聞於劉山甫即其事也十不記其三四惜哉

劉道濟幽牕夢

光化中有文士劉道濟止於天台山國清寺夢見一女子引生入牕下有側柏樹葵花遂為伉儷後頻於夢中相遇自不曉其故無何於明州奉化縣古寺内見一牕側柏葵花究是夢中所游有一客官人寄寓於此室女有美才貧而未聘近中心疾而生所遇乃女之魂也蓋女子及笄不有所歸乃父兄之過也又有彭城劉生夢入一倡婦家與諸輩狎飲爾後但夢便及彼處自疑非

夢所遇之姬芳香常襲衣盖心邪所致聞于劉山甫也

北夢瑣言卷七

欽定四庫全書

北夢瑣言卷八

宋　孫光憲　撰

李太尉與段少常書

唐李太尉德裕左降至朱崖著四十九論叙平生所志嘗遺段少常成式書曰自到崖州幸且頑健居人多養雞往往飛入官舍今且作祝雞翁爾謹狀吉甫相典忠州泝流之任行次秭歸地名雲居臺在江中掌武誕於

此處小名臺郎以其地而命名也

孫僕射酧酒 裴迪附

唐孫會宗僕射即偓相大王父也宅中集内外親表開宴有一甥姪聞朝官後至及中門見緋衣官人衣襟前皆是酒污咄咄而出不相識洎即席說與主人咸訝無此官沈思之乃是行酒時於堦上酧酒草草傾潑也自此每酧酒側身恭跪一酧而已自孫氏始也今人三酧非也　有裴迪者贄相之堂弟無文學於荊南投筆事

趙司徒為虞總小將對客側身一醉趙公未喻朝賢間風規極怪之答七下何不幸也

三朝士以名取戲

唐張裼尚書朝望既高號為流品與韋相保衡有分韋言於同列以其名裼裼訓袒衣也又詩云載衣之裼裼即小兒褓衣乃繃帶也方欲因事改之未幾韋相流貶竟不大拜韋嘗問立名之由裼以少孤為無學問親表所誤也後唐姚相名洎善談吐仍多辯捷表兄弟崔沂

侍郎戲之曰洎訓肉汁胡為名洎無以酬之然洎亦訓至雖然古人以名貽誚者多矣妨事者有焉至如仙客仙童齊工用礪希斆人過亦無取焉其複名須依義訓唯單名易諱者善矣裼公生五子彝憲文蔚知名文蔚登登庸也

張仁龜陰責

唐張裼尚書典晉州外貯所愛營妓生一子其內子蘇氏號麈外妬忌不敢取歸乃與所善張處士為子居江

津間常致書題問其存亡資以錢帛及漸成長教其讀書有人告以非處士之子爾父在朝官高因竊其父與處士緘劄不告而適歸京國裼公已薨至宅門僮僕無有識者但云淮淮郎君兄弟皆愕然其嫡母蘇夫人壓外泣而謂諸子曰誠有此子吾知之矣我少年無端致其父子死生永隔我罪多矣家眷聚泣取入宅齒諸兄弟之列名仁龜有文性好學修詞應進士舉及第歷侍御史因奉使江浙於侯館自經而死莫知所為先是張

處士悵恨而終必有冥訴僱此福也桂史為楊鉅侍郎愛壻也

裴相國及第後進業

唐相國裴公恒太和八年李漢侍使下及第自以舉業未精遽此叨忝未嘗曲謝座主辭歸鄠縣别墅三年肄業不入城歲時思城唯啟狀而已至於同年鄰於謝絶掩關勤苦文格乃變然始到京重獻恩門文章詞採典麗舉朝稱之後至大拜為時名相也夫世之干禄先資

名第既得之後鮮不替懈自非篤於文學省顧實者安能及斯裴公廟堂之期有以見進德之無斁也

侯泳忤豆盧相

唐咸通中舉子侯泳有聲采亦士流也而闕於恭慎豆盧瑑罷相守僕射乗閑詣僧院放僕乘他適而於僧宇獨坐皤然一叟也泳自外入門殊不顧揖傲岸據榻謂叟曰大叅長史乎叟曰非也又問曰令録乎亦曰非也遠州刺史乎亦曰稍高又曰少卿監乎答曰更向上侯

生矍然不安處疑是丞郎忽遽而出至門見僕御肩輿旋至方知是豆盧公也歸去後自咎悚惕責一長牋首過賴先曾有卷及門捘路通入泳乃自陳乖踈公亦遜謝恕其不相識也留而命酒凡勸十盞乃小懲也仍云雖不奉訝然凡事更宜在意侯生仍慚灼無以自容先是豆盧家昆弟飲清酒而已侯氏盛饌而飲此日每飲一杯迴首摘席經咀之機不濟所謂雅責也

盧沆遇宣宗私行　賈島附

唐陝州廉使盧沆在舉場甚有時稱曾於滻水逆旅遇宣宗皇帝微行意其貴人歛身迴避帝揖與相見沆乃自稱進士盧沆帝請詩卷袖之乘驢而去他日對大臣語及盧沆令主司擢第沆不自安恐僭冒之辱宰臣問沆與主上有何階緣沆乃具陳因由時亦不詳以其文章非叨忝也沆後自廉察入朝知舉遇黄冦犯闕不及終場趙崇夫戲之曰出腹不生養主司也初盧家未嘗知舉盧相攜恥之拔為主文竟不果也

賈島遇宣

宗徽行問秀才名對曰賈島帝曰久聞詩名島曰何以知之後言於宰臣與平曾相次謫授長江尉所謂不識貴人也

顧非熊再生

唐著作郎顧況字逋翁好輕侮朝士貶在江外多與僧道交游時居茅山暮年有一子即非熊前身一旦暴亡況追悼哀切所不忍言乃吟曰老人喪愛子日暮泣成血老人年七十不作多時別非熊在冥間聞之甚悲

憶遂以情告冥官皆憐之遂商量卻生生於況家三歲能言寘間聞父苦吟卻求再生之事歷歷然長成應舉擢進士第或有朝士問即垂泣而言之王定保摭言云人傳況父子皆有所遇不知所適由此而言信有之矣

張曙起小悼

唐張偉侍郎朝望甚高有愛姬早逝悼念不已因入朝未回其猶子右補闕曙才俊風流因增大阮之悲乃製浣溪紗其詞曰枕障薰爐隔繡幃二年終日兩相思好

風明月始應知天上人間何處去舊歡新夢覺來時黄昏微雨畫簾垂置於几上大阮朝退憑几無聊忽睹此詩不覺哀慟乃曰必是阿灰所作阿灰即中諫小字也然於風教還亦不可以叔姪年齒相似似恕之可耳謗曰小舅小叔相追相逐謔戲固不免也

張裼尚書無忌諱

唐張裼尚書恃才直道外仍有至性及第後歸東都一日髣髴見其亡親謂曰去得也遂辦裝入京果登朝籍

不爽陰告也東都柏坡有壯而多高大屋宇中庭有土堆若冢人言其下時有樂聲本主鬻之不售八座不信以善價買之遽令發掘其下乃麥麴而以之和泥塗一院墻屋不假他求是知妖由人興向使疑誤神怪則有物憑焉必為村巫酒食之資也正直之人其可欺乎

荆十三娘義俠事

進士趙中行家於溫州以豪俠為事至蘇州旅止支山禪院僧房有一女商荆十三娘為亡夫設大祥齋因慕

一作日暮趙遂同載歸揚州趙以氣耗荆之財殊不介意其友人李正朗第一作郎第三十九愛一妓為其父母奪與諸葛殷李悵恨不已時諸葛殷與吕用之幻惑高太尉恣行威福李懼禍飲泣而已偶話於荆娘荆娘亦憤惋謂李三十九郎曰此小事我能為郎報讐但請過江於潤州北固山六月六日正午時待我李依之至期荆氏以囊盛妓兼致妓之父母首歸放李後與趙進士同入浙中不知所止

李當尚書亡女魂

唐李尚尚書鎮興元褒城縣有處士陳休復者號陳七子狎於博徒行止非常八座以其妖誕械之於市井之間又有一休復無何殞於狴牢遽睹腐敗轄司申而瘞之爾後宛在褒城八座驚異不敢尋問一旦愛女暴亡其內子追悼成疾無以救療幕客有白八座曰陳處士真道者必有少君之術能祈之乎八座聞之因敬信是召陳生曰此小事爾於初夜帷堂設燈炬晝作一門請

夫人簾下屏氣至夜分亡者自畫門入堂中行數遭夫人愊憶失聲而哭亡魂倏而滅矣然後戒勉令其抑割八座由是益敬之

北夢瑣言卷八

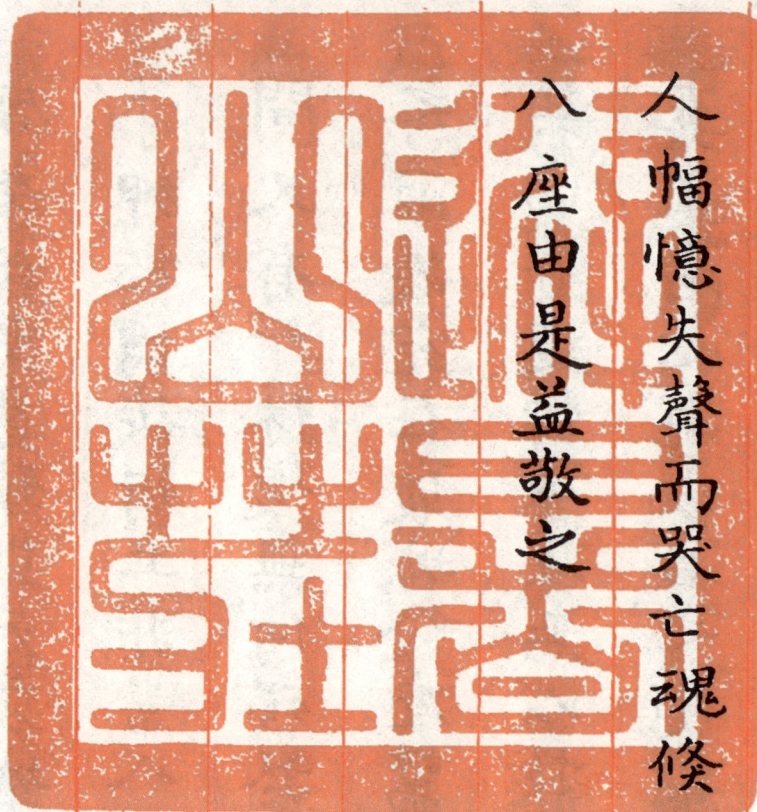

總校官舉人臣章維桓
校對官中書臣甄松年
謄録監生臣陳元享

宋·孫光憲　撰

北夢瑣言

（二）

中國書店

詳校官編修臣裴謙

欽定四庫全書

北夢瑣言卷九

宋　孫光憲　撰

孟宏微躁妄

唐孟宏微郎中誕妄不拘宣宗朝因次對曰陛下何以不知有臣不以文字名用上怒曰卿何人斯朕耳全不知有卿翌日上謂宰臣曰此人躁妄欲求翰林學士太容易哉於是宰臣歸中書貶其官示小懲也又嘗忿狷

擠其弟落井外議喧然乃致書告親友曰懸身井半風言沸騰尺水丈波古今常事與鄭諷鄰居諷為南海從事因墻頹中郎（一作郎中）夾入墻界五六尺（一作丈）知宅者有狀請退其所侵判其狀曰海隅從事少有生還地勢尖斜打墻夾入平生操履率皆如是不遭擯棄幸矣

楊收相報楊元价

唐楊相國收貶死嶺外于時鄭愚尚書鎮南海忽一日客將報云楊相公在客次欲見鄭尚書八座驚駭以宏

農近有後命安得此來乃接延之楊相國曰某為軍容
使楊元价所譖不幸遭害令已得請於上帝賜陰兵以
復仇欲托尚書宴犒兼借錢十萬緡滎陽諾之唯錢辭
以軍府事多許其半楊相曰非銅錢也燒時幸勿著地
滎陽曰若此則固得遵副從容間長揖而滅滎陽令於
北郊具酒饌素錢以祭之楊相猶子有典壽陽者見相
國乘白馬臂朱弓撚彤矢有朱衣天吏控馬謂之曰上
帝許我讐殺楊元价我射著其脚必死也俄而抄本有一中字

楊中尉暴染脚疾而殂蜀毛文錫司徒先德前潮一作湖牧龜範曾趨事鄭尚書熟詳其事愚於毛氏子聞之

劉山甫題天王

唐彭城劉山甫中朝士族也其先宦於嶺外侍從北歸泊船於青草湖登岸見有北方毘沙門天王因詣之見廟宇摧頽香燈不續山甫少年而有才思元隨張處權請郎君詠之乃題詩曰壞墻風雨幾經春草色盈庭一座塵自是神明無感應盛衰何得卻由人是夜夢為天

王所責自云我非天王南嶽神也主張此池一作地汝何相侮慢而驚覺而風浪斗起倒檣絶纜沈溺在即遽起悔過令撤詩牌然後已山甫自序

韋宰相功德驗陳黴附

蜀路白衛嶺多虎豹噬人有選人京兆韋亡其名唐光化中調授巴南宰常念金剛經赴任至泥溪遇一女人著緋衣挈二子偕行同登此山前路嶺頭行人相駐叫譟見此女人乃赤貍大蟲也逡巡與韋分路而去韋終

不覺蓋持經之力也　成都府廣都縣人陳微自少年常誦金剛經與胥姓馬者有隙一旦事故亡匿馬生揚言欲追捕之陳乃礪一匕首行坐相隨儻遇馬生必能刺之誓不受其執錄一作僇字　或一日行於村路翁薈間馬胥伏而掩之陳抽刀一揮馬生仰倒由是獲脫至前方悟手之所揮乃刀鞘及歸所匿處刀刃宛在本不偕行馬胥亦無所傷何其異也

刺血寫經僧

唐咸通中西川僧法進刺血寫經聚衆教化寺所司申
報高燕公判云斷臂既是凶人刺血必非善事貝多葉
上不許塵埃俗子身中豈堪腥膻宜令出境無得惑人
與一繩遞出東界所司不喻繩文賜錢一千送出東郭
幸而誤免後卒於荆州玉泉寺

成令公擲杯珓事

荆州成令公汭唐天復中准詔統軍救援江夏舟楫之
盛近代罕聞已決行期不聽諫諍師次公安縣寺有二

金剛神土人號曰二聖亦甚有靈中令艤舟而謁之炷香虔誠冥禱勝負以求杯珓陰陽之兆凡三十擲皆不吉乃謂所信孔目官楊師厚曰卦之不吉如之何師厚對曰令公數年造船旌旗已啟中路而退將何面目回見軍民於是不得已而進竟有破陣之敗身死家破非偶然也向使楊子察人之情幸其意息一言而止則成氏滅亡未可知也

白蓮女惑蘇昌遠

唐中和中有士人蘇昌遠居蘇臺屬邑有小莊去官道十里吳中水鄉率多荷芰忽見一女郎素衣紅臉容質絶麗閲其明悟若神仙中人自是與之相狎以莊為幽會之所蘇生惑之既甚嘗以玉環贈之結殷勤或一日見檻前白蓮花開敷榮殊異俯而翫之見花房中有物細視之乃所贈玉環也因折之其妖遂絶鬼神無形必憑於物精氣所附非菡萏之能哉聞於劉山甫

柳鵬舉誘五絃妓

唐龍紀中有士人柳鵬舉遊杭州避雨於伍相廟見一女子抱五絃云是錢大夫家女僕鵬舉悅之遂誘而奔藏於舟中為廂吏所捕其女僕自縊而死或一日却到柳處柳亦知其物故驚訝其來女僕具道其情因以魂偶一作謌經時而去見劉山甫閑談中

雲芳子魂事李茵

僖宗幸蜀年有進士李茵襄州人奔竄南山民家見一宮娥自云宮中侍書家雲芳子有才思與李同行詣蜀

具述宮中之事兼曾有詩書紅葉上流出御溝中即此姬也行及綿州逢内官田大夫識之乃曰書家何得在此逼令上馬與之前去李甚怏悵無可一作以奈何宮娥與李情愛至深至前驛自縊而死其魂追及李生具道憶戀之意追數年李茵病瘠有道士言其面有邪氣雲芳子自陳人鬼殊途告辭而去聞於劉山甫

蜀靈祟

唐文德中小京官張忘其名寓蘇臺子弟少年時在文

人陸評事院往來為一美人所悅來往多時心疑之尋病瘠遇開元觀吴道士守元曰子有不祥之氣授以一符果一㝠器婢子背書紅英字在空舍柱穴中因焚之其妖乃絶聞於劉山甫

高燕公神筆

淮海小將姓朱忘其名有女未嫁為鬼物所祟常呼韓郎往來如生人唯不見形奉外舅姑禮自云天朝神朱以異事不敢隱秘乃告府主高燕公公唯書名俾朱歸

帖於女房門上其邪來見咨嗟言別而去聞於劉山甫

魚元機 徐月英附

唐女道魚元機字蕙蘭甚有才思咸通中為李億補闕執箕帚後愛衰下山隷咸宜觀為女道士有怨李公詩曰易求無價寶難得有心郎又云蕙蘭銷歇歸春浦楊柳東西伴客舟自是縱懷乃娼婦也竟以殺侍婢為京兆尹溫璋殺之有集行於世　江淮間有徐月英亦娼者其送人詩云惆悵人間事久違兩人同去一人歸生

惜平望亭前水忍照鴛鴦相背飛一本又有云枕前淚與階前雨隔箇閒牕滴到明亦有詩集金陵徐氏諸公子寵一營妓卒乃焚之月英送葬謂徐公曰此娘平生風流没亦帶焰時號美戲也唐末有北里誌其間即孫尚書儲數賢平康狎游之事或云孫棨舍人所撰

李氏女

唐廣明中黄巢犯闕大駕幸蜀衣冠蕩析寇盜縱横有西班李將軍女奔波隨人迤邐達興元骨肉分散無所

依托適值鳳翔奏將軍董司馬者乃晦其門閥以身托之而性甚明敏善於承奉得至於蜀尋訪親眷知在行朝始謂董生曰喪亂之中女弱不能自齊幸蒙提挈以至於此失身之事非不幸也人各有偶難為偕老請自此辭董生驚愕遂下其山矣識者謂女子之智亦足稱也見劉山甫閑談

馮藻慕名

唐馮藻常侍肅之子涓之叔父世有科名小貂文采不

高酷愛名第已十五舉有相識道士謂曰先輩其曾入靖觀之此生無名第但有官職也亦未之信更應十舉已二十五舉矣姻親勸令罷舉且謀官職藻曰譬如一生無成更誓五舉亦無成遂三十舉方就仕歷官卿監峽牧終於騎省何浮名之引人而輕禄仕之如是也

李涪尚書改切韻

唐李涪尚書福相之子以開元禮及第亦一作不為小文好著述朝廷重其博學禮樂之事諮禀之時人號為周

禮庫蓋籍於舊典也廣明以前切韻多用吳音而清青之字不必分用浩改切韻一有其上聲全刋吳音當方進而聞於宰相僉許之無何巢寇犯闕因而寢止于今無人敢以聲韻措懷也然會見韻銓鄙駁切韻改正吳音亦甚褻當不知八座於此又何䂓製也惜哉古之製字卷紙題名姓號曰名紙大中年薛保遜為舉場頭角人皆體傚方作門狀洎後仍以所懷列於啟事隨啟詣公相門號為門狀門啟雖繁於名紙各便於時也書云謹祇

侯起居郎某官即是起居在前某官在後至今顛倒無人改更矣有朝廷改之亦美事也

穆李非命

唐監察李航福相之子美茂洽暢播於時流黃巢後扶侍聖善歸東都別墅與御史穆延晦同行宿於虢州公館翌日修謁郡牧張存即王拱下部將也謂典客曰我受穆家恩命令穆侍御經過必須展分報答也典客詣館話於穆生因修狀謁謝張公大怒且曰此言得自何

人具以典謁為對乃斬謁者穆生驚怪失意歸館尋遣人就而害之李監察不喻方抱憂惶俄亦遇害將以滅口于時李公遶聖善所憩之牀無以求活竟同非命他日允弟訴究夢航謂骨肉間曰張存已得請於上帝不日即死果為拱所誅祿光子嘗讀李肇國史補曰李公沂曾放死囚他日道次遇之其人感恩延歸其家與妻議所酬之物妻嫌數少此人曰酬物少不如殺之李公急走遇俠士方免此禍常以為虛誕今張存翻害穆李

即史補之說信非虛誕也怪哉

王給事剛鯁

唐王祝給事名家子以剛鯁自任仍以所尚垂訓子孫嫌人柔弱（一作懦）又素有物力殖利極豐黃冠前嘗典常州京國亂離盤旋江湖甚有時望急詔徵回歸裝極厚水陸分載行至甘棠王拱帥于是邦不式王命兇暴衆聞以夕拜將來必居廊廟延奉勤至夕拜鄙其武人殊不降接拱乃於內廳盛張宴席備列珍翫簾下妓樂齊

列其內子亦映簾共拱立乃歛容向夕拜曰某雖武夫叨忝旄戟今日多幸獲遇軒葢經過不棄末宗顧居子姪之列即榮幸也夕拜不允堅抗再三拱勃然作色曰給事王程有限不敢淹留俄而罷宴處分兩轄速請王給事離館暗授意旨並令害之一家上下悉投黃河獲其囊三四百籠以舟行没溺聞奏朝廷多故舍而不問夕拜有一子此際行至襄州無故投井而卒雖陝帥狂暴亦未喻天意也葆光子曰剛有立事時有用舍以柔

濟剛不爽權變當衰亂之世須適時之宜王公儻受其致敬庸何傷哉但却其賂即善也履尾滅族悲夫

裴楊操尚

唐楊收段文昌皆以孤進貴為宰相率愛奢侈楊相女適裴坦長子嫁資豐厚什器多用金銀坦尚儉聞之不樂一日與國號及兒女輩到新婦院臺上用碟盛果實坦欣然視碟子内乃臥魚犀遽推倒茶臺拂袖而出乃曰破我家也他日收相果以納賂竟至不令宜哉

出腹不生養盧侍郎

盧氏衣冠第一歷代未嘗知舉乾符中盧攜在中書歎宗人無掌文柄乃擢羣從陝虢觀察使盧渥知禮闈是歲十二月黄巢犯闕僖皇播遷舉子星散迨收復京都裴贄連知三舉渥有羡色趙崇大夫戲之曰閤下所謂出腹不生養主司也一本無養字

張興師決門僧

唐相國張濬二子一曰義師即小字也本名格爲蜀相

一日興師忘其名後號李將軍名儼與父逵軍機於淮海亦遇害也格與興師昆弟俊邁而尚矯譎皆有父風興師幼年出宅門見其門僧忘其名傳相國處分七笞之其僧解后莫知何罪俄而相國召僧坐安見其詞色不懌因問之僧以郎君傳相國處分見怪未知罪名相國驚駭慚謝以兒子狂騃幸師慈悲回至堂前喚興師怒責之且曰汝見僧何罪而敢造次對曰今日雖無罪過想其向來隱惡不少是以笞之相國不覺失笑

北夢瑣言卷九

北夢瑣言卷十

宋　孫光憲　撰

狄右丞鄙著紫僧 僧鸞附

唐狄歸昌右丞愛與僧游每誦前輩詩云因過竹院逢僧話畧得浮生半日閑其有服紫袈裟者乃疎之鄭谷郎中亦愛僧用比蜀茶乃曰蜀茶與僧未必皆美不欲舍之僧有逸才而不拘檢早歲稱名卿御後謁薛氏能

尚書於嘉州八座以其顛率難為舉子乃俾出家自於百尺大像前披剃不肯師於常僧也後入京為文章供奉賜紫栁玭大夫甚愛其才租庸張相亦曾加敬盛言其大用由是反初號鮮于鳳修刺謁栁公公鄙之不接又謁張相張相亦拒之於是失望而為李鋌江西判官後為西班小將軍竟於黄州遇害

張翺輕傲 李堅白 蔣貽恭附

唐乾寧中宿州刺史陳璠以軍旅出身擅行威斷進士

張翶恃才傲物席上調瑶麗妓張小泰怒而揖起付吏

責其無禮狀云有張翶兮寓止淮陰來綺席兮放恣胸

襟瑶益怒云據此分析合喫幾下翶云只此兩句合喫

乎三下五下切求一笑宜費乎千金萬金金鞭響背十

三長逝惜其恃才而取禍也出劉山甫閑談詞多不載

蜀綿州刺史李忘其名時號嗑咀以軍功致郡符好

賔客有酒徒李堅白着麗有文筆李侯謂曰足下何以

名為堅白對曰莫要改為士元亮君雄是權耶又有蔣

貽恭者好嘲詠頻以此痛遭檟楚竟不能改蜀中士子好著襪頭袴蔣謂之曰仁賢既裹將仕郎頭為何作散子將腳他背類此（將生雖嗜嘲咏然談笑儒雅凡遭譏刺皆輕薄之徒以此縉紳中咸惡之近聞官至令佐而卒斯亦幸矣）

劉李愚甥

唐劉瞻相公有清德大名與弟阿初皆得道已入仙傳先婚李氏生一子即劉贊也相國薨後贊且孤幼性甚懵（一作魯）鈍教其讀書終不記憶其舅即李殷衡侍郎也

以劉氏之門（一作子）不可無後常加楚箠終不長進李夫人慈念不忍苦之歎其宿分也一旦不告他適無以訪尋聖善憶念淚如綆縻莫審其存亡數年方歸子母團聚且曰因入嵩山遇一白衣叟謂曰與汝開心將來必保聰明自是日誦一卷兼有文藻擢進士第梁時登朝充崇政院學士預時俊之流其渭陽李侍郎充使番禺為越王劉氏所縻為廣相而覊僕與劉贊猶子懿通熟自言家世合有一人得道矣即白衣叟其髣髴乎

李鵬遇桑道茂

唐盛唐縣令李鵬遇桑道茂曰長官只此一邑而已賢郎二人大者位極人臣次者殆於數鎮子孫百代後如其言長男名石出將入相子孫兩世及第至今無間次即諱福歷七鎮終於使相凡八男三人及第至尚書給諫郡牧見有諸孫皆朱紫不隆士風何先見之妙如是

孔侍郎借油衣

唐孔拯侍郎作遺補時朝回遇雨不齎油衣乃避雨於坊叟之廡下滂注愈甚已過食時民家意其朝飢延入廳事俄有一叟烏帽紗巾而出迎候甚恭因備酒饌一一精珍乃公侯家不若也孔公慚謝之且借油衣叟曰某寒不出熱不出風不出雨不出未嘗置油衣然已令鋪上取去可以供借也孔公賞羨不覺頓忘宦情他日說於僚友為大隱之美也古之富者擬於封君洪範五福一曰富先賢以無事當貴豈斯人之徒耶復有一丞

郎馬上内逼急詣一空宅逕登溷斬斯乃大優穆刀綾空屋也優忽至丞郎慚謝之優曰侍郎他日内逼但請光訪人聞之莫不絶倒

前賢戲調

唐裴晉公度風貌不揚自譔真贊云爾身不長爾貌不揚胡為而將胡為而相幕下從事遜以美之且曰明公以内相為優公笑曰諸賢好信謙也幕僚皆慚而退李洸者渤海人昆仲皆有文章洸因旅次至江村宿於民

家見覆斗上安錫佛一軀洗説詞以贊之民曰偶未慶贊為去僧院地遠爾洗曰何必須僧只我而已民信之明發隨分具齋餐炷香虔誠洗俯仰朗稱曰錫鑞佛子柔軟世尊斗上莊嚴為有十升功德念摩訶波若波羅密又趙璘員外為裴坦相漢南從事璘甚陋裴公戲之曰趙公本不醜孩抱時乳母憐惜往往撫弄云作醜子作醜子因此一定趙公大咍薛侍郎昭緯氣貌昏濁杜紫微脣厚温庭筠號温鍾馗一作夔不稱才名也薛侍郎

未登第前就肆買鞋鞋主曰秀士脚第幾對曰與昭緯作脚來未曾與立行第也杜德祥侍郎昆弟力困要舉息利錢濟急用召同坊富民到宅且問曰子本對是幾錢其人拂袖而出又孔昭緯拜官敎坊優伶繼至各求利市石野猪獨先到公有所賜謂曰宅中甚闕闕不得厚致若有諸野猪幸勿言也復有一伶繼來公索其笛喚近階指笛竅問之曰何者是浣溪沙孔籠子笛伶大笑之又道士陳子霄登華山上方偶有顛仆宇文翰郎

中致書戲之曰不知上得不得且怪元之又元斯皆清賢雅戲以之羣居又何傷也

京兆府鵶挽鈴

唐温璋爲京兆尹勇於殺戮京邑憚之時聞挽鈴聲俾看架下不見有人凡三度挽掣乃見鵶一隻尹曰是必有人探其雛而訴寃也命吏隨鵶所在捕之其鵶盤旋引吏至城外樹間果有人探其雛尚憩樹下吏乃執之送府以禽鳥訴寃事異於常乃斃捕雛者而報之

天帝召棊客

唐僖宗朝翰林待詔滑能棊品甚高少逢敵手有一張小子年僅十四來謁覓棊請饒一路滑生棊思甚遲沈吟良久方下一子張生隨手應之都不介意仍於庭際取適候滑以待詔又隨手著應之一旦黄冠犯闕僖宗幸蜀滑以待詔供職謀赴行在欲取金州路入辦裝挈家將行張生曰不必前邁某非棊客天帝命我取公著棊請指揮家事滑生驚愕妻子啜泣奄然而逝他日京

都共知也昔顏回卜商為地下修文郎又李長吉為帝召撰樂府豈斯類耶所言天帝者非北極天皇大帝也按真誥又非北方元天黑帝道君此鬼都北帝又號鬼帝世人有大功德者北帝得以辟請四明公之流是也召碁之命乃酆宮帝君乎與真誥髣髴故梗槩而言之

新趙意醫

醫者意也古人有不因切脉隨知病源者必愈之矣唐崔魏公鎮渚宮有富商船居中夜暴亡迨曉氣猶未絶

鄰房有武陵醫士一作工梁新聞之乃與診視曰此乃食毒也三兩日得非外食耶僕夫曰主公少出船亦不食於他人梁新曰尋常嗜食何物僕夫曰好食竹雞每年不下數百隻近買竹雞併將充饌梁新曰竹雞吃半夏必是半夏毒也命擣薑捩汁折齒而灌之由是方蘇崔魏公聞而異之召到衙安慰稱獎資以僕馬錢帛入帛致書朝士聲名大振仕至尚醫奉御有一朝士詣之梁奉御曰何不早見示風疾已深矣請速歸處置家事委

順而已朝士聞而惶遽告退策馬而歸時有鄜州馬醫趙鄂者新到京都於通衢自榜姓名云攻醫術士此朝士下馬告之趙鄂亦言疾已危與梁生所說同矣謂曰只有一法請官人剩吃消梨不限多少時咀齕不及挍汁而飲或希萬一此朝士又策馬歸以書筒質消梨馬上旋齕到家旬日唯喫消梨頓覺爽朗其恙不作御訪趙生感謝又訪梁奉御具言得趙生教也梁公驚異且曰大國必有一人相繼者遂召趙生資以僕馬錢帛廣

為延譽官至太僕卿

療疑病

元頏博士叢話唐時中和間有婦人從夫南中効官曾誤食一蟲常疑之由是成疾頻療不愈京城醫者忘其姓名知其所患乃請主人姨妳中謹密者一人預戒之曰今以藥吐瀉但以盤盂盛之當吐之時但言有小小蝦蟆走去然切勿令娘子知之是誑語也其妳僕遵之比疾永除又說有一年少眼中常見一小鏡子醫工趙

卿診之與少年期來晨以魚膾奉候少年及期赴之延於閤子內且令從容候客退後方得攀接俄而設臺于上施一甌芥醋更無他味卿亦未出迨日（一作禺）中久候不至少年飢甚且聞醋香不免輕啜之逡巡又啜之覺胸中豁然眼花不見因竭甌啜之趙卿探知方出少年以出醋慚謝卿曰郎君啜鱠太多非醬醋不快又有魚鱗在胸中所以眼花適來所備醬醋只欲郎君因飢以啜之果會此疾烹鮮（一作鱗）之會乃權詐也請退謀餐他

妙多斯類也非庸醫所及也凡欲以倉扁之術求食者得不勉之哉

非意致禍

唐時杜彦林為朝官一日馬驚蹶倒踏鐙既深抽脚不出為馬拖行一步一踏以至于卒古人云乘船走馬去死一分是知跨御當宜介意也杜相審權弟延美亦登朝序乘馬入門為門楣所軌項頸低曲伸短前引肩高於項乃一生之疾也荆州文獻王好馬不惜千金沒世

不遇周先帝命内臣李廷玉賜馬與南平王且問所好何馬乃曰良馬千萬無一若駿者即可得而選尚要坐下坦一作且穩免勞控制唯蹁蹮幾也既免蹄齧不假銜枚兩軍列陣萬騎如一尚未經蹁亂氣狡憤介冑在身與馬爭力鞶控不暇安能左旋右抽舍轡揮兵手自是江南蜀馬往往學蹁甚便乘跨是知蹀躞者誇於目馴柔者便於身此一作比君子之難逢假翦剔者抑其次也哉

崔樞食龍子

唐崔樞為小朝官家人於井中汲得一魚樞本好鮮食意是厨人治魚誤落井中乃令烹而啖之忽夢為冥官領過讀判云人間小臣輙食龍子所有官爵並削除後一年卒樞甚有聲不躋顯位誤有所食豈命也夫

薛準陰誅

唐薛準官至員外郎喪亂後不養繼母盤桓江淮間道門寄榻游江南至吉州閤皂觀遇修黃籙齋道士升壇

行法事準亦就列忽失聲痛叫云中箭速請筆硯口占一詩曰蓋國深恩不易讐又離繼母出他州誰知天怒無因息積惡終身乞命休頃便卒天復辛酉年事斯人也必有隱慝而致陰誅古者史籍皆以至孝繼母聞於列傳蓋以常人難行而已能行即親母可知也豈可以繼母而同行路哉薛死倉卒可用垂戒也

崔雍食子肉 李佀蘇循附

唐咸通中龐勛反於徐州時崔雍典和州為勛所陷執

到彭門雍善談笑遜詞以從之冀紓其禍勛亦見待甚厚其子少俊飲博擊拂自得親近更無阻猜雍以夫節於賊以門户為憂謂其子曰汝善狎之或得方便能傳刃乎人皆有死但得其所吾復何恨其子承命密懷利刃忽色變身戰勛疑詰因搜懷袖得匕首焉乃令烹之翌日名雍赴飲一作飯既徹問雍曰肉美乎對曰以味珍且飽勛曰此即賢郎肉也亦命殺之後黄巢之廣州執節度使李佋隨軍至荆州令佋草表述其所懷佋曰某

骨肉滿朝世受國恩腕即可斷表終不為尋於江津害

之唐宋蘇循尚書諂一作謪媚苟且梁太祖鄙之他日至

并門謁晉王時張承業方以匡復為意而循忽獻晉王

畫勑筆一對承業愈鄙薄之與夫雍佫為人視蘇循誠

遠矣

王廸車輾事

王廸舍人早負才業未卜騫翔一日謁宰相杜太尉於

宅門十字通衢街路稍狹有二牛車東西交至廸馬夾

在其間馬驚仆而臥為車轍輾靴鼻蹄寸而不傷脚指三日後入拜翰林雖幸而死亦神助也

杜孺休種青蓮花

唐韓文公愈之甥有種花之異聞於小說杜給事孺休典湖州有染戶家池生青蓮花刺史收書問染工曰我家有三世治靛瓮常以蓮子浸於瓮底俟經歲年然後種之若以所種青蓮子為種即為紅矣蓋還本質又何足怪乃以所浸蓮子寄奉之道士田匡圖親看此花為

愚話之愚見令一作人以雞糞和土培芍藥花叢其淡紅者悉成深紅染之所言益信矣哉蜀王先主將晏駕其年峨嵋山娑羅花悉開白花又刺史之獻王未薨前數年溝港城隍悉開白蓮花一則染以氣類一則表於凶兆斯又何哉

嚴軍容猫犬怪

唐左軍容使嚴遵美於閹宦中仁人也自言北司馬一作為供奉官袴衫給事無秉簡入侍之儀又云樞密使廨

署三間屋書櫃而已亦無視事廳堂狀後貼黄指揮公事乃是楊復恭奪宰相權也自是常思退休一旦發狂手足舞蹈家人或訝傍有一猫一犬猫謂犬曰軍容改常也顛發也犬曰莫管他從他俄而舞定自驚自笑且異猫犬之言遇昭宗播遷鳳翔乃求致仕梁川一作蜀州軍收降興元因從於劔南依王先主優待甚異於青城山下卜别墅以居之年過八十而終其忠正謙約與西門季元為季孟也于時誅宦官唯西川不奉詔由是脫

禍家有北司治亂記八卷備載閹宦忠佞好惡嘗聞此傳偶未得見即巷伯之流未必俱邪良由南班輕忌太過以致參商蓋邦國之不幸也先是路巖相自成都移鎮渚宮所乘馬忽作人語且曰蘆荻花此花開後路無家不久及禍然畜類之語豈有物憑之乎石言於晉殆斯比也

竇家酒炙地

唐崇賢竇公家罕有名第環僕射先人不善治生事力

甚困京城内有隙地一段與大閹相鄰閹貴欲之然其地止值五六百千而已竇公欣然以此地奉之殊不言地價乃曰將軍所便不敢奉違某有故欲徙江淮上希三兩處護戎緘題其閽喜而致書凡獲三千緡由是幸濟東市有隙地一片窪下渟汙乃以廉值市之俾妳嫗將煎餅盤就彼誘兒童若拋磚瓦中一紙標得一個餅兒童奔走拋磚瓦博煎餅不久十分塡其六七乃以好土塡之起一店停波斯日獲一緡他皆傚此由是致富

延客朝士時皆謂之輕薄號為酒炙地亦能為人求名第酒食聚人亦希利之一端也竇回竇雍無文藝而取名蓋飲啗之力也得於元中凡數賢御史臺記說裴明禮買宅事與竇氏同疑竇效裴之為也

李昌符詠婢僕

唐咸通中前進士李昌符有詩名久不登第常歲卷軸怠於裝修因出一奇乃作婢僕詩五十首於公卿間行之有詩云春娘愛上酒家樓不怕歸遲總不留推道那

家娘子臥且留教住待梳頭又曰不論秋菊與春花個個能噇空肚茶無事莫教頻入庫一名閑物要些些諸篇皆中婢僕之諱浹旬京城盛傳其詩篇為婦嫗輩怪罵騰沸盡要摑其面是年登第與夫桃杖虎靴事雖不同用奇即無異也

鍾大夫知命丹效

唐廣南節度使下元隨軍將大夫忘其名晚年間流落旅寓一作於陵州多止佛寺有仁壽縣主簿歐陽衔愍其

衰老常延待之三伏間患腹疾臥於歐陽之家踰月不食歐主簿慮其旦夕溘然欲陳牒州衙希取鍾公一狀以明行止鍾公曰病即病矣死即未也旣此奉煩何妨申報於是聞於官中爾後疾愈孫光子時為郡倅鍾公惠然來訪因問所告之由乃曰曾在湘潭遇干戈不進與同行商人數輩就嶽麓寺設齋寺僧有新合知命丹者且云服此藥後要退即飲海藻湯或大期將至即服下微痛此丹自下便須指揮家事以俟終焉遂各奉一

下呑一丸他日入蜀至樂温縣遇同服丹者商人寄寓樂温得與話舊且說所服之藥大效無何此公來報肋下痛不日其藥果下急區分家事後凡二十日卒某方神其藥用海藻湯下之香水沐浴卻吞之昨來所苦藥且未下所以知未死兼出藥相示然鍾公面色紅潤強飲啗似得藥力也他日不知其所終以其知命有驗故記之成都覺性院有僧合此藥壽之人多道也

北夢瑣言卷十

欽定四庫全書

北夢瑣言卷十一

宋　孫光憲　撰

張直方譽裴休

唐金吾大將軍張直方西班倜儻勲臣也好接賓客歌妓絲竹甲於他族與裴相國休相對相國始麻衣就試執金慕其風采因裴造謁執金欵待異禮他日朝中盛稱裴秀才文藝朝賢許之相國恐涉雜交不遑安處自

是不敢更歷其門執金頻名不往或曰裴秀才方謀進取慮致物譽非是偃蹇一日又召傳語曰若不妨及即更奉薦裴益悚惕

薛侍郎紙裹鷂子

唐薛昭緯侍郎恃才與地鄰於傲物常以宰輔自許切於大拜于時梁太祖已兼四鎮兵力漸大有問鼎之心速於傳禪薛公銜命梁國一作圉梁祖令客將約回乃謂謁者曰大君有命無容卻回速轡前邁既至夷門梁祖

不獲已須出迎接見薛公標韻詞辯方始改觀自是宴接莫不款曲一日梁祖話及鷹鷂薛公秖對盛言鷙鳥之俊梁祖欣然謂其亦曾放弄歸館後傳語送鷂子一頭薛生致書感謝仍對來人戒僮僕曰令公所賜真(一作直)須愛惜果(一作可)以紙裹安韝袋中來人失笑聞於使衙

進士團所由倒罰崔狀元

唐進士崔昭矩為狀元有進士團所由動靜舉罰一日

所由踈失狀元笞之逡巡所由謝伏一作杖于階前對諸進士曰崔十五郎不合於同年前面瞋決所由請罰若干博陵無言以對

程賀為崔亞持服

唐崔亞郎中典眉州程賀以鄉役差充廳子其弟在州曾為小書吏崔公見賀風味有似儒生因詰之曰爾公讀書乎賀降階對曰薄涉藝文崔公指一物俾其賦詠雅有意思處分令歸選日裝寫所業執贄甚稱奬之必

稱進士依崔之門更無他岐凡二十五舉及第每入京館於博陵之第常感提拔之恩亞卒之日賀為崔公縗服三年人皆美之

高太尉駢請留蠻宰相事

唐南蠻侵軼西川若無亭障自咸通以後劍南苦之牛叢尚書作鎮為蠻寇憑陵無以抗拒高公自東平移鎮成都蠻酋摶蜀城掌武先選驍鋭救急人背神符一道蠻覘知之望風而遁爾後僖宗幸蜀深疑作梗乃許降

公主鑾王以連姻大國幸幸逾常因命宰相趙隆眉楊奇鯤段義宗來朝行在且迎公主高太尉自淮海飛章云南鑾心膂唯此數人請止而鴆之迄僖宗還京南方無虞用高公之策也楊奇鯤輩皆有詞藻途中詩云風裏浪花吹又白雨中嵐色洗還青江鷗聚處窓前見林狖啼時枕上聽此際自然無限趣王程不敢暫留停甚清美也

夏侯相以術而殂

唐相國夏侯公孜富貴後得彭素之術甚有所益出鎮蒲中悦一娼妓不能承奉以致尾閭之泄因而致卒有夏侯長官者本反初僧也曾依相國門庭亂離後挈家寄於鳳州山谷尋亦物故惟寡妻幼子而已夏嫗獻此術於節使滿存相公大獲濡濟其子名籍學吟詩入西川依託勲臣為幕下從事時人號為夏侯驢子乃世濟其鄙猥也僕聞之於强山人甚詳亦嘗與籍相識籍子壻羅嶠與僕相知亦多蓄姬妾疑其染夏氏之風然夏

侯長官者得非相國之師乎

張金吾威勢取術

唐金吾大將軍張直方一旦開筵命朝士看乾水銀點制不謬衆皆歎羨以謂清河曾遇至人良久張公大笑曰已非所能有自來矣頃任桂府團練使逢一道士藴此利術就而求之終不可得乃令健卒縛於山中以死脅之道士驚怕但言藥即多獻術則不傳唯死而已由是得藥縱其他適今日奉呈唯成丹也非已能也

蔡畋虛誕 何法成附

唐高駢鎮成都甚好方術有處士蔡畋者以黃白干之取瓦一片研丹一粒半塗入火燒成半截紫磨金乃奇事也蔡人自負人皆敬之以為地仙燕公求之不得久而乖露乃是得藥於人貽惑賣弄為元戎笞殺之王先主時有何法成者小人也以賣符藥為業其妻微有容色居在北禪院側左院有毳衲者因與法成相識出入其家令賣藥銀就其家飲啗而已法成以其肉子餌之

而求其法此僧秘惜遷延未傳乃令其妻治容而接之
法成自外還家掩縛欲報巡吏此僧驚懼因謬授其法
并成藥數兩釋縛而竄法成聞一作得此術以致發狂大
言於人誇解利術未久聞於蜀後主召入苑中與補軍
職然不盡僧法他日藥盡遽蜀更變伶俜而已偶免謬
妄之誅也彭韜光者何生切鄰兼得睹其事為余話之

申屠別駕術禍

高駢鎮維揚有申屠別駕懷至術為呂用之譖毀一旦

作竄燕公命吏齎長限牒所在尋捕至襄州禪院中遇之擒得申生寄襄獄縶維申生告獄吏要見督郵韋公吏以告之韋遽面見屏人曰某身上有化金藥欲獻元戎劉公巨容可乎韋審之遂非時入謁因得道達點甄瓦半葉以呈之劉公歎訝乃虛以叛獄而匿之僖皇在蜀降天使至峴山即田令孜弟也劉公秉醉將藥金誇衒於中使中使迴聞於田中尉洎劉司空朝覲行在與申生偕往藏隱此人不令他適田軍容衒之於導江莊

加害劉申皆不幸也有一子號申司馬居朗州尚存點
汞藥在身荊南節判司空董太監得申生四粒藥點四
汞奉一百千以慰好奇之心也王蜀時有一士著緑布衫常在街衢仍樓逆旅

巡使蕭懷武欲求其術堅確不與遂於馬院打殺之蓋不能任持所致也

宗小子藥妖

唐世長安有宗小子者觧黄白術唯在平康狎游與西
川節度使陳敬瑄微時游處因色失歡他日陳公遭遇
出鎮成都京國亂離僖皇幸蜀宗生避地亦到錦江然

畏潁川知之遂旅遊資中都銷聲斂跡惟恐人知寓應真觀修一爐大丹未竟宗生解六壬每旦運式看一日吉凶無何失聲便謀他適走至内江縣潁川差人吏就所在害之所修藥道士收得傳致數家皆不利人莫知何也

李壁尚書戮律僧

唐李壁尚書出鎮東川有律僧（一作師）忘其名臨壇度人四方受具者奔走師仰檀施雲集由是鞅掌嗜慾之心

熾焉一旦發露前後女童為尼者呈身之物殆一百四
十五人入座戮之蒢光子嘗見同僚王行軍說幽州有
壇長近八十歲即都校之元昆也每歸俗家以其衰老
令小青扶侍因而及亂遂要反初以青為偶乃謂偶曰
平生不謂有此歡暢悔知之晚也軍府怪而笑之僕有
門徒僧不欲斥其名經綸甚博未有乖露他日預臨壇
之例尼輩參請號曰依止自是醜聲盈耳亦不以為恥
嗚呼如來制戒為入道之門茍非其人反為聚淫叢藪

信乎道不虛行也一本作律乎律乎道不虛行

崔元亮降雲鶴趙篤仙梁威儀附

唐崔元亮曾典眉州每公退具簡履以朝太上焚脩精至不舍晝夜嘗於州衙開黄籙道場為民祈水旱疾疫而已散齋之晨必降祥雲鸞鶴州民咸覩亮典湖州脩齋亦降仙鶴

太白為贊至今眉州每歲設黄籙齋凡執一作職事軍校及茶酒厮役祗承皆知齋法次第道士羅昭然壽一百一十三歲預崔牧之齋席跨驢出街墜驢而脚在鐙内因拖

曳而死也　又王蜀時玉局觀道士趙駕仙上官道士
忘其名住青城山脩齋入壇行法事其厮僕卧而驚魇
問師何在人問之乃曰適見四人著緋自天而下曳二
道士於壇前鞭背二十問者止之令勿言比趙駕仙與
上官道士相次患發背而斃　又有何景冲作道門威
儀好食蒜上壇行法事時有蒜氣後於青城脩齋度江
船覆溺死斯蓋罔道不恭為天罰也　成中令鎮荆南
請道士梁威儀行法事俯伏奏章頓首存想因之不起

乃醉睡也成公斥之毀廢道場斯亦何趙之流也大約荆湘僧道赴齋皆恣洪飲俚人不以為非欲求鑒安可得也

關三郎入關

唐咸通亂離後坊巷訛言關三郎鬼兵入城家家恐悚罹其患者令人寒熱戰慄亦無大苦宏農楊玭挈家自駱谷路入洋源行及秦嶺回望京師乃曰此處應免關三郎相隨也語未終一時股慄斯又何哉夫喪亂之間

陰厲旁作心既疑矣邪亦隨之闗妖之説正謂是也愚
幼年曽省故里傳有一夷迷鬼魘人閭巷夜聚以避之
凡有窻隙悉皆塗塞其鬼忽來即撲人驚魘須臾而止

希慕求進

唐自大中後進士尤盛封定鄉丁茂珪場中頭角舉子
與其交者必先登第而二公各二十舉方成名何進退
之相懸也先是李都崔雍孫瑝鄭嵎四君子蒙其盼睞
者皆因進昇故曰欲得命通問瑝嵎都雍䘵光子曰士

無華腴寒素雖瓌意琦行與學雄文苟不資發揚無以
昭播是則希顏慕藺馳騁利名者不能免也

垂血淚

唐進士殷保晦妻封夫人皆中朝士族也殷公歷官臺
省始舉進士時文卷皆內子為之動合規式中外皆知
良人倜儻疎放善與人交未嘗以文章為意黄寇犯闕
夫妻遭難初封夫人就刃殷公失聲雙血被面其從母
為尼親見其禍泣言於姻親愚於殷之中表聞之方信

古人云淚盡繼之以血哀痛之極也

心疾不妨文章（李氏子附）

唐世劉崇望弟兄五人內四人皆登進士第仕至將相丞郎其元昆崇龜不及第官至省郎生五男每院各與一人為後崇龜留一男少有才思一旦心疾唯染翰草制誥褒貶朝中卿相咸攄其實骨肉間懼聞于外旋取燼之宛為掌誥之美竟廢于時鄙夫蜀鄉與前簡剌李詠使君有分隴右有一子年十四掌握管草詞指揮天

曹地府陰隙之事落斡如飛家君憂懼亦苦戒之此子乃曰但為我父勿預我事他日墜井而死心為靈臺既嬰風恙而才思倫序斯又何哉

北夢瑣言卷十一

欽定四庫全書

北夢瑣言卷十二

宋　孫光憲　撰

盧藩神俊

唐盧尚書藩以文學登進士第以英雄自許歷數鎮薨於靈武連帥恩賜弔祭内臣厚希例貺其家事力不充未辦歸裝而天使所求無厭家人苦之親表中有官人於靈前告曰家貧如此將何遵副尚書平生奇傑豈無

威靈及此宦者手俄而館中天使中惡以至於卒是知精魂強俊者可不畏之哉八座從孫尚在江陵嘗聞此説故記之以儆貪貨者

楊收不學仙

唐相國楊收江州人祖為本州都押衙父直為蘭溪縣主簿生四子發假收嚴皆登進士第收即大發發以下皆至丞郎發以春為義其房子以柷以乘為名假以夏為義其房子以狊古闃反為名收以秋為義其房子以鉅

鏻鑣鑑為名嚴以冬為義其房子以注涉洞為名盡有文學登高第號曰脩竹楊家與靜恭諸楊比於華盛收相少年於廬山脩業一日尋幽至深隱之地遇一道者謂曰子若學道即有仙分必若作官位至三公終焉有禍能從我學道乎收持疑堅進取之心忽道人之語他日雖登廊廟竟離南荒而殛悲夫薛澤補闕乃楊氏之女孫壻嘗語之

張氏子斅壁魚

唐張楊尚書有五子文蔚彞憲濟美仁龜皆有名第至宰輔丞郎内一子忘其名少年聞説壁魚入道經函中因蠹食神仙字身有五色人能取壁魚吞之以致神仙而上昇張子惑之乃書神仙字碎翦實於瓶中捉壁魚以投之冀其蠹蝕亦欲吞之遂成心疾每一發作竟月不食言語麄穢無所廻避其家扃閉而守之俟其發愈一切如常而倍餐啜一月食料湏品味而飲之多年方謝世是知心靈物也一傷神氣善猶不可況為惡乎即

劉闢呑人張子呑神仙善惡不同其傷一也

栁大夫不受潤筆 李德陽附

唐栁大夫玭清廉耿介不以利回家世得筆法盖公權少師之遺妙也責授瀘州牧禮叅東川元戎顧彥朗相公適遇降德政碑顧欲濡染以光刊刻亞台曰惡劉固無所慊若以潤筆先一作見賜即不敢聞命相國欽之書訖竟不干瀆也 梁世兗州有下孟和尚聚徒說法檀施雲集時號金剛禪也他日物故建塔樹碑廬嶽道士

李德陽善歐書下猛之徒請書碑誌許奉一千緡德陽不允乃曰若以一醉相酬得以施展千緡之遺非所望也終不肯書斯亦近代一高人也

楊寅疑相術　李曷附

唐十軍軍容使開府嚴遵美門客楊寅善袁許之術於京城西巘逢一李生亦唐之疎屬隆準龍顔垂手過膝楊生異之說於中尉由是時一作暗有資遺之意其必致非常黄寇犯闕僖宗一作皇幸蜀李生為士民挾持入京

升含元殿不踰浹旬尋亦遇害豈大人之相只為一升殿乎莫可知之楊生歎嗟不復言知人之鑒也　王蜀先主時有道士李暠亦唐之宗室生於徐州而游於三蜀詞辯敏捷有文章因棲陽平觀為妖人扶持上有紫氣乃聚眾舉事將舉而敗妖輩星散而暠獨罹其禍焉其適長裕者臨邛之大儒也與暠相善不信暠之造妖良由軀幹國姓為羣兇所憑所以多事之秋滅跡匿端無為綠林之嚆矢也先是李暠有書名玉局觀楊德

輝赴齋有老道崔無數自言患聾有道而託算術往往預知吉凶德輝問曰將欲北行何如崔令畫地作字宏農乃書北千兩字崔公以千揷北成乖字去即乖耳楊生不果去而李暠齋日就擒道士多罹其禍楊之幸免由崔之力也

楊鑣偶大姑神 史光澤附

唐楊鑣收相之子少年為江西推巡優游外幕也屬秋祭請祀大姑神西江中有兩山孤拔號大者為大孤小

者為小孫朱崖李太尉有小孫山賦寄意焉後人語訛作姑姊之姑創祠山上塑像艶麗而風濤甚惡行旅憚之每歲本府命從事躬祭鑣預於此行鑣悦大姑偶容有言謔浪祭畢回州而見空中雲霧有一女子容質甚麗俯就楊公呼為楊郎遜詞云家姊多幸蒙楊郎采顧便希回棹以成禮也故來奉迎宏農驚怪乃曰前言戲之耳小姑曰家姊本無意輒慕君子而楊郎先自發言苟或中輟恐不利於君宏農憂惶遂然諾之懇希一作布

從容一月處理家事小姑亦許之楊生歸指揮訖倉卒而卒似有鬼神來迎也薛澤補闕與鑣姻懿常言此事甚詳近者故登州節判史在德郎中子光澤甚聰俊方脩舉業自別墅歸乘醉入泰山廟謂神曰與神作第三兒得否自是歸家精神恍惚似有見召踰月而殂也嗚呼幽明道隔人鬼路殊以身許之自貽伊戚將來可為鑒戒也

柳氏子幞頭腳 許承傑李思益附

僕嘗覽柳氏訓序見其家法整肅乃士流之最也柳玭出官瀘州郡洎蓐復沿路染疾至東川通泉縣求醫幕中有昆弟或云琰相或云名琡之子省之亞台回面且云不識家人曰是某院郎君堅云不識莫喻尊旨良久老僕忖之得非郎君幞頭腳乎固宜見怪但垂之而入必不見阻比郎君垂下翅翅之尾果接撫之其純厚皆此類也僕親家柳坤即亞台疏房也僑寓陽安郡伯仲相率省焉亞台先問讀書否脩文否苟不如是須學作官我之先

人脩文成名皆作官業幸勿棄分陰也瀘州郡有栁大夫所造公廨家具皆牢實麄重傳及數政莫知于今存否

蜀朝東川節度許存太師有功勲臣也其子承傑即故黔使君禧實之子隨母嫁許然其驕貴僭越少有倫比作都頭軍籍只一百二十有七人是音聲伎術出即同節使行李凡從行之物一切奢大騎碧暖座垂紛錯每脩書題印章微有浸漬即必改換書吏苦之流輩以為話端皆推茂刺顧敻為首許公他日有會乃謂顧

曰閤下何太談謗顧乃分疏因指同席數人為證顧無以對逡巡乃曰三哥不用草草碧暖座為衆所知至於魚袋上鑄蓬萊山非我唱揚席上愈笑方知魚袋更僭也刺茂州入蕃落為蕃酋害之　西川衛前軍將李思益者所著衣服莫非華煥纖麗蜀先主右右羨而怪之先主曰李思益一副衣裳大有所費是要為我光揚軍府仰與江貨揚勾當俾其作衣裝也先主又於作院見匠人裹小朶帽子前如鷹觜後露腦枕怪而截其觜也

又登樓見行人戴襤毯席帽云破(普没反)頭爛額是何好事然自務儉素愛淨潔皆此類也蜀朝有小朝士裴璨俸薄且閑(一作困)或勸求宰一邑裴曰令之畿縣非有仙骨何以得見其愛羨即可知也每云黄寇之後所失已多唯襪頭袴穿靴不傳舊時也僕同院司空監云木圍裹頭於事最便何必油拭火熨日日勞煩此一事不請師古又嫌以銀稜甕器托裹椀楪徒費功夫又曰措大暮年方婚少女一生之事遺醜可知自非鐵石為心未

有不貽他說戒之慎之因述栁氏幞頭引起數事豈資談笑亦足小懲也

鐵補闕貞濬

唐乾寧中補闕楊貽德華族科名德狐道直不容於時請告華陰方屬京國擾攘乃謀南來藏跡於江陵閭巷傲居不露行止旅舍無烟藜藿不給未嘗隕穫於時成中令延接朝客士有依劉之言宏農韜藏不及門宇一旦堂帖追回成令驚訝以為聞聽不至闕申情禮兼以

入翰苑秉鈞軸期之補闕曰人之官職又非妄圖令公
過飾何當奬遇令宰相何必要某至於垂捜羅之命他
日不過作南中一刺史爾此際必有奉擾中令贈三百
緡只受三十緡辦裝所剩一作殘却納朝廷號為鐵補闕
未久除道州牧却經江陵告成令求十人散從官衣裝
五十千行資他無所要成令甚重之他日棲南嶽與元
泰布衲道希禪師同居東箱源雙泉歸本長老得祖印
於楊公既歿家人亦終似得懸解之道也本公得禪道

於三賢乃鄭起先輩為愚話之

張林多戲

唐張林本士子擢進士第官至臺侍御為詩小巧多采景於園林亭沼間至如菱葉乍翻人採後荇花初没舸行時他皆此類受眷於崔相昭緯或謁相庭崔公曰何以久不拜見林曰為飯甕子熱發崔詡飯甕不康之語林曰數日來水米不入非不康耶又寒月遺以衣襦問其所需乃曰一衫向下便是張林相國大笑終始優遇

也祿光子曰東方朔以恢諧自容婁君卿以脣舌取適非徒然也皆有意焉今世希酒炙之徒托公侯之勢取容苟媚過於優旃自非厚德嚴正之人未有不為此輩調笑也

沈尚書非命 劉建封附

唐沈詢侍郎亞之之子也昆弟二人一人忘其名乘舸泛河為驚湍激船椤梁板漂遽沈子亦漂而死詢鎮潞州寵婢夫人甚妬因配與家人歸秦其婢旦夕只在左

右歸秦慚恨伺隙剸刃於詢果罹兇手殺歸秦以充祭亦無及也唐天復中湖南節度使劉建封婬其牽攏官陳之婦陳為同列所戲恥而發怒伺便以蒺一作冷蔾擊殺之馬氏有其位於今禁蒺一作冷蔾蓋懲彭城之遭罹也婬為大罰昔賢垂戒作人君父得不以子禍奴禍取鑒哉

王潛司徒燒紙錢秦威儀附

唐王潛司徒與武相元衡有分武公倉卒遭罹潛常於

四時爇紙錢以奉之王後鎮荆南有染户許琛一旦一作日暴卒翌日却活乃具牓子詣衙云要見司徒乃通入於階前問之琛曰初被使人追攝至一衙府未見王且領至判官廳見一官人憑几曰此人錯來自是鷹坊許琛不干汝事即發遣回謂許琛曰司徒安否我即武相公也大有門生故吏鮮有念舊於身後者唯司徒不忘每歲常以紙錢見遺深感恩德然所賜紙錢多穿不得司徒事多點檢不至仰為我詣衙具導此意王公聞之

悲泣慚訝而鷹坊許琛果亦物故自此選好紙剪錢以奉之此事與楊收相於鄭愚尚書處借錢事同　又南嶽道士秦保言威儀勤於焚脩者曾曰真君云上仙何以須紙錢有所未喻夜夢真人曰紙錢即冥吏所籍我又何須由是嶽中亦信之

崔從事為廟神賜藥 李氏土地神附

閬從事崔員外忘其名正真檢身幕寮所重奉使湖湘復命在道逢寇賊悉遭殺戮唯外郎於倉惶中忽有人

引路獲免驅馳遠路復患痁疾行邁之次難求藥餌途次延平津廟夢為廟神賜藥三丸服之驚覺頓愈此亦鬼神輔德也　彭城劉山甫自云外祖李公敬彛郎中宅在東都毓財坊土地最靈家人張行周事之有應未大水前預夢告張求飲食至其日率其類遏水岸一作頭並不衝圯李宅異事也

張璟為靈廟草奏

廬山書生張璟乾寧中以所業之桂州欲謁連師張相

至衡州犬嗥灘損船上岸寢於江廟為廟神所責生以素業對之神為改容延坐從容云有王一作巫立仁者罪合族誅廟神為其分理一作疏奏於嶽神無人作奏璟為草之既奏蒙允神喜以白金十餅為贈劉山甫與寥隲校書親見璟說其事甚詳也

滻水神正直

唐黃寇奔衝有小朝士裴忘其名移挈妻子南趨漢中纔發京都其室女路次暴亡兵難揮霍不暇藏瘞其為

悲悼即可知也行即浴谷夜聞其女有言不見其形父母怪而詰之女曰我為漼水神之子强暴誘歸其家厥父責怒以妄殺生人遽行笞責兼遜謝撫慰差人送來縁旦夕未有託且欲隨大人南行俾拔茅為苞致於箱笥之中庶以魂識依止飲食語言不異於常爾後白於嚴慈云已有生處悲咽告辭去夫鬼神之事世所難言素漼之靈有義方之訓所謂聰明正直之流也

塹杜氏山岡事 鮮于仲通唐氏嚴氏附

古有宅墓之書世人多尚其事識者猶或非之杜公正倫與京兆宗派不同常蒙輕遠銜之泊公宦達後因事塹斷杜陵山脉由是諸杜數代不振鮮于仲通兄弟閬州新井縣人崛起俱登將壇望氣者以其祖先墳上有異氣降勑塹斷之裔孫有鮮于嶽者幼年寢處席底有一小蛇蓋新出卵者家人見之以為奇事此侯及壯常有自負之色歷官終于普州安嶽縣令不免風塵其徒戲之曰鮮于蛇也　唐峰亦閬州人有墳塋在茂賢

草市峰因負販與一術人皆行經其先塋術士曰此墳塋子孫合至公相峰謂曰此即家墳隴也士曰若是君家恐不勝福也（一作耶）子孫合為賊盜皆不令終峰志之爾後遭遇蜀先主開國峰亦典郡其二道襲官（一作等）皆至節將三人典郡竟如術士之言何其驗也　嚴司空震梓州鹽亭縣人所居枕釜戴山但有鹿鳴即嚴氏一人必殞或一日有親表對坐聞鹿鳴其表曰釜戴山中鹿又鳴嚴曰此際多應到表兄其表兄遽對曰表兄不

是嚴家子合是三兄與四兄不日嚴氏子一人果亡是何異也

鼠狼智

相國張公文蔚莊在東都北（一作柏）坡莊内有鼠狼穴養四子為蛇所吞鼠狼雄雌情切於穴外坋土恰容蛇頭俟其出穴果入所坋處出頭度其回轉不及當腰齧斷而劈蛇腹銜出四子尚有氣置於穴外銜豆葉嚼而傳之皆活何微物而有情有智若是乎最靈者人故不思

也

北夢瑣言卷十二

欽定四庫全書

北夢瑣言卷十三

宋　孫光憲　撰

草賊號令公

王中令鐸落都統除滑州節度使尋罷鎮以河北安靜於楊全玫有舊避地浮陽與其都統幕客十來人從行皆朝中士子及過魏樂彥禎禮之甚至鐸之行李甚侈從客侍姬有輦下昇平之故態彥禎有子曰從訓素無

賴愛其車馬姬妾以問其父之幕客李山甫以咸通中數舉不第尤私憤於中朝貴達因令圖之俟鐸至甘陵以輕騎數百盡掠其橐裝姬僕而還鐸與賓客皆遇害及奏朝廷云得貝州報某日有殺刼一人姓王名令公其忽誕也如此彥禎子尋為亂軍所殺得非瑯琊公訴于上帝乎

王重榮逐兩帥

河中節度使王重榮始為牙將黄巢犯闕元戎李都奉

偽畏重榮黨附者多因薦為副使一日忽為都曰凡人受恩只可私報不可以公徇令公助賊陷一邦於國不忠而又日加箕斂衆口紛然倏忽變生何以遏也遽命斬其偽使都無以對因以君印授重榮而去及都至行在朝廷又以前京兆尹竇潏間路至河中代都為帥重榮迎之潏前為京兆尹有慘酷之名時謂之墮疊及至翌日集軍校于庭謂曰天子命重臣作鎮將遏賊衝安可輕議斥逐令北門出乎且為惡者必一兩人而已爾

等可言之濡不知軍校皆重榮之親黨也衆皆不對重榮乃自屏肅佩劍歴階而上謂濡曰為惡者非我而誰名濡之僕吏控馬及階請依李都前例速去之濡不敢仰視乃躍馬復由北門而出重榮破黄巢有功正授節制封郡王與田令孜結怨他日為部將常行儒殺之時號鐵條以其剛也

鄭文公報恩

鄭文公畋字台文父亞曾任桂州觀察使畋生於桂州

小字桂兒時西門思恭為監軍有詔徵赴闕亞餞於北郊自以衰年因以畋託之曰他日願以桂兒為念九泉之下不敢忘之言訖泫然流涕思恭誌之及為神策軍中尉亞已卒思恭使人召畋館之于第年未及冠甚愛之如甥姪因選師友教導之畋後官至將相黄巢之入長安西門思恭逃難於終南山畋以家財厚募有勇者訪而獲之以歸岐下温清侍膳有如父焉思恭終於畋所畋葬於鳳翔西岡松柏皆手植之未幾畋亦卒葬近

西門之墳百官皆造二隴以弔之無不墮淚咸伏其義也

韓簡聽書 李茂貞附

魏博節度使韓簡性麄質每對文士不曉其說心常恥之乃召一孝廉令講論語及講至為政篇明日謂諸從事曰僕近知古人淳樸年至三十方能行立外有聞者無不絶倒 秦王李茂貞請三傳王利甫講春秋利甫古僻性狷然演經義文亹亹堪聽茂貞連月聽之不倦

利甫後寄禍於道門改名晝卒於洛中也武臣未必輕儒但未覩通儒多逢鄙薄之輩沮其學善也惜哉

孟方立陳桑梓禮附羅弘

昭義軍節度使孟方立邢州平鄉人也少以勇力隷於本軍為裨將廣明中潞帥高潯攻諸葛爽於河陽方立出天井關為前鋒時潯為大將劉廣所逐廣忌方立留戍于關後廣為潞人所殺三軍乃以方立為帥因有首邱之思遂移軍於邢州用法平正人皆附之始拜墳墓

於鄉里詣縣令里所陳桑梓之敬有識者賞焉姪遷嗣為潞帥降太原祿光子曰羅虯累舉不第務於躁進因罷舉依於宦宦典台州晝錦也常以展墓勉謁邑宰横笏傲然宰曰某雖塵吏不達事體然使君豈不看松柏下人乎譏其無桑梓之敬曾武人之不若也虯有俊才嘗見雕陰官妓比紅兒詩他無聞也

雷電救王鎔

景福中幽州帥李匡威率兵救鎮州軍次博水會軍亂

推其弟匡儔充留後諸軍皆散乃以書報弟付之軍政

南欲赴闕泊於陸澤鎮州趙王王鎔以匡威救難失國

因請稅駕於常山府郭以中離變會匡威有幕客李貞

抱自闕回與匡威相遇同登寺樓觀鎮州山川之美有

愛戀之意乃謀託親忌王鎔既造之逼以兵仗同詣理

所乃入自子城東門門内有鎔親騎營中之卒忽掩其

外闕復於闕垣中有一人識是王鎔遽挾于馬上肩之

而去匡威格鬬移時與貞抱俱死鎔年十六七疏瘦當

與匡威並轡之時雷電忽起雨雹交下而屋瓦皆飛拔大木數株明日鎔但覺項偏痛乃因有力者所挾不勝其苦故也訪之則曰墨君和鼓刀之士也天意冥數信然鎔自脱此難更在位三十餘年不有神明扶持何以獲免

李全忠蘆生三節

唐乾符末范陽人李全忠少通春秋好鬼谷子之學曽為棣州司馬忽有蘆一枝生於所居之室盈尺三節焉

心以為異以告别駕張建章建章積書千卷博古之士也乃曰昔者蒲洪以池中蒲生九節為瑞乃姓蒲後子孫昌盛蘆者茅也合生陂澤之間而生於室非其常也君後必有分茅之貴三節者傳節鉞三人公可誌之全忠後事李可舉為戎校諸將逐可舉而立全忠累加至檢校太尉臨戎甚有威政全忠死子匡威嗣匡威為三軍所逐弟匡儔為太原所攻挈家赴闕至滄州景城為盧彦威所害先是匡威少年好勇不拘小節自布素中

以飲博為事漁陽士子多忌之曾一日與諸游俠輩釣于桑乾赤欄橋之側自以酒禱曰吾若有幽州節制分則獲一大魚果釣得魚長三尺人甚異焉有馬都(一作郁下同)者少負文藝匡威曾問其年都(一作郁)曰弱冠後兩周星傲形於色後匡威繼父為侯首召焉(一作馬)都問曰子今弱冠後幾周星歲都但頻顙謝罪匡威曰好子之事吾平生所愛也何懼之有因署以府職其潤達多如此類故人多附之葆光子嘗見范陽熟人説李匡儔妻張

氏國色也其兄匡威為帥强婬之匡儔按劍而俟夜深妻廻出步輦為其夫殺之匡威羞見其弟及將校或言欲將兵救援鎮州既出城三軍立匡儔為帥匡威遂稱欲歸朝覲行次常山又有刼質王鎔之事匡儔移牒王鎔往復指陳終不及婬穢之事諱國惡也

張建章泛海遇仙

張建章為幽州行軍司馬後歴郡守尤好經史聚書至萬卷所居有書樓但以披閱清淨為事經涉之地無不

理馬曾齋府戎命往渤海遇風濤乃泊其船忽有青衣泛一葉舟而至謂建章曰奉大仙命請大夫建章乃應之至一大島見樓臺巋然中有女仙處之甚異甚盛器食皆建章故鄉之常味也食畢造退女仙謂建章曰子不欺暗室所謂君子人也忽患風濤之苦吾令此青衣往來導之及還風濤寂然往來皆無所懼又回至西岸經太宗征遼碑半在水中建章則以帛包麥屑置于水中摸而讀之不欠一字其篤學也如此薊門之人皆能

說之于時亦聞於朝廷祿光子曾遇薊門軍校姓孫忘其名細話張大夫遇水仙蒙遺鮫綃自齎而進好事者為之立傳今亳州太清宮道士有收得其本者且曰明宗皇帝有事郊邱建章鄉人掌東序之寶其言國璽外唯有二物其一即建章所進鮫綃篋而貯之軸之如帛（一作著）以紅線三道劄之亦云夏天清暑展開可以滿室凜然邇來變更莫知何在

北夢瑣言卷十三

欽定四庫全書

北夢瑣言卷十四

宋　孫光憲　撰

李茂貞脅尹殺宰相

鳳翔李茂貞跋扈至甚昭宗謂宰相杜讓能曰春秋之義叛而必誅安有甸服之間顯達朝旨而悖慢如此我若不討四方其謂我何讓能奏曰艱難已來行貞元故事姑息戎臣从矣根牢蔓熾附之者衆一旦難驟革之

又京師去岐咫尺人心易以危懼設有陵犯損威愈甚願陛下稍解雷霆而熟計之帝曰政刑弛紊詔令不出都門不欲孱孱守恬而坐因除宰臣徐彦若鎮鳳翔以茂貞為興元尹以嗣覃王率禁軍送彦若或彦貞遷延不受代即以兵攻之軍旅所決一委讓能讓能懇諫不從王師果敗或云此舉乃讓能報私怨也茂貞先以謾書與讓能繼上表仍擁兵至臨皋驛請誅宰相帝遂斬樞密使李周曈以徇乃貶讓能仍詔送至軍前茂貞具

禮出迎至驛復表請行朝典讓能奏曰晁錯之辜謬及於臣令若歸罪於臣可紓國難帝不得已貶讓能雷州司户參軍遣中使害於驛内識者以讓能臨難無苟免亦得其死也後追贈太尉其子曉貌如削玉有制誥之才仕梁至宰相鳳歷年洛都有變為亂軍誤害時皆歎惜之

三鎮擁兵殺二相

唐乾寧二年邠州王行瑜會李茂貞韓建入覲決謀廢

立帝既睹三帥齊至必有異謀乃御樓見之謂曰卿等不名而來欲有何意茂貞等汗流浹背不能對但云南北司紊亂朝政因疏韋昭度討四川失謀李磎麻下為劉崇龜所哭陛下不合違衆用之及令宦官詬害昭度已下三帥乃還鎮内外冤之王行瑜跋扈朝廷欲加尚書令昭度力止之曰太宗以此官惣政而登大位後郭子儀以六朝立功雖有其名終身退讓今行瑜安可輕授焉因請加尚父至是為行瑜所憾遽罹此害後追贈

太師李磎字景望拜相麻出爲劉崇龜抱而哭泣改授太子少傅乃上十表及納諫五篇以來自雪後竟登庸且許崇龜之惡時同列崔昭緯與韋昭度及磎素不相協王行瑜專制朝廷以判官崔鋋入闕奏事與昭緯關通因託鋋致意由是行瑜率三鎮脅君磎亦遇害其子沇有高才同日罹害磎著書百卷號李書樓後追贈司徒太原李克用破王行瑜後崔昭緯貶而賜死昭皇切齒下詔捕崔鋋亦冤報之一事也

儒將成敗

古者文武一體出將入相近代裴行儉郭元振裴度韋臯是也然而時有夷險不可一概而論王鐸初鎮荊南黄巢入寇望風而遁他日將兵捍潼關黄巢令人傳語云相公儒生且非我敵無污我鋒刃自取敗亡也後到成都行朝拜諸道都統高駢上表目之為敗軍之將正謂是也諫議大夫鄭寶（一作賓）曾獻書以規其旨云未知令公以何人為牙爪何士參帷幄當今大盗移國羣雄

奮戈幕下非舊族子弟白面郎君雍容談笑之秋也爾後罷軍權鎮滑臺竟有貝州之禍鄭文公畋首倡中興傳檄討賊殺戮黄寇鎮靜闗畿一旦部校李昌言脅而逐之尚不能固位至如越州崔璆湖南崔瑾福建韋岫鄆州蔡崇徐方支詳許昌薛能河中李都竇潏鳳翔徐彦若狼狽恐懼求免不暇唯張濬大言自方管葛以無謀之韓建倅用剛之孫揆出征大鹵自貽敗亡爾後朱朴踵為大言驟居相位亦曽上表請破鳳陽所謂以羊

將狼投卵擊石幸而不用何過望哉客有謂祿光子曰儒將誠則有之唐自大中以來以兵為戲者久矣廊廟之上恥言韜略以櫜鞬為凶物以鈐匱為凶言就有如盧藩辟能者目為麤才一旦宇內塵驚闕左飈起遂以褒衣博帶令押燕頷虎頭適足以取笑耳則韋昭度之惲王建濬之伐太原是也

外藩從事於東（一作本）省上事

河東節度副使李習吉（習五代史作襲）常應舉不第為李都河

中從事都失守習吉自昭義游太原辟為從事習吉好學有筆述雖馬上軍前手不釋卷太原所發牋奏軍書皆習吉所為也因從李克用至渭南令其入奏帝重其文章授諫議大夫使上事北省以榮之竟歸太原復其戎職莊宗即位追贈禮部尚書梁太祖每覽太原書檄遥景重之曰我何不得此人也陳琳阮瑀亦不是過

韓建始終

韓建兩隨李茂貞迫脅君上殺戮輔相昭宗出居本幸

鄜時建懇迎奉請至華下供億之勞具在勤王録而殺害鄭王等八人以孫君上抑其罪也近代史臣駮論勤王録數條且曰韓建不遇時可也而云隄防道路拱衛乘輿欲蓋而彰則禁固之意可知也又與諸道書云語詔書徵赴行在妄也又曾無糾率諸侯衛保大定功（一作公）之志也以為唐運陵替皆有（一作由）歷數自黃巢既戮蔡賊生焉宗權滅後而朱玫王行瑜繼之纔合茂貞而有韓建所謂一莽雖死十莽復生何天意不祐乎竟為

朱温宰相蜀先主聞之笑曰韓建非豹變之才與朱温作相宜也葆光子曰華州韓建荆渚成汭勤王奉國識有可嘉于時號為北韓南郭郭即成令冒稱也士大夫可以依賴也古者奉霸主尊本朝德義小虧諸侯不至蔡邱之會是也成韓位居王輔荷寵於唐朱公有無君之心露問鼎之意建等不能效臧洪泣血糾率同盟亦可以結約親鄰共張聲勢而乃助桀作孽畫疋成蛇舍我善鄰陳誠僞室華陰失守既無力以枝梧鄂渚喪師乃無名

而陷没非忠非義吾所謂二公始終謬也向使成令睦漢南諸侯結淮甸雄援汴人篡逆亦恐未暇推之天命即吾不知考之人謀固無所取惜哉中匹字朱曉

孔緯惜鹽鐵印

孔緯在中書朱全忠併有數鎮兵力強盛表請鹽鐵印詔下宰相議之緯力爭不從請其下邸吏曰朱公若收鹽鐵印非興兵不可全忠尋止後韓建討太原不利為張濬所誤貶之官日昭宗欲再攻鳳翔以問緯緯曰鳳

翔天子西門若自去窟穴受制一面即大事去矣昭宗曰卿是朕賢臣殊非達時事緯曰陛下以臣為賢是謗臣也臣若賢肯立於陛下之朝因稱疾以太子太師致仕卒於華下

神告羅宏信 子紹威附

中和中魏博帥羅宏信初為本軍步射小校掌牧圉之事曾宿於魏州觀音院門外其地有神祠俗號曰白須翁巫有宋遷 一作千 者忽詣宏信謂曰夜來神忽有語君

不久為此地主宏信怒曰欲危我耶他日復以此言來告宏信宏信因密令之不期歲果有軍變推宏信為帥宏信狀貌豐偉多力善射雖聲名未振衆已服之累加至太尉封臨淮王宏信卒子紹威繼之與梁祖通歡結親情分甚至先是本府有牙軍八千人豐其衣糧動要姑息時人云長安天子魏府牙軍主使頻遭斥逐由此益驕紹威不平有意翦滅因與汴人計會詐令役夫肩籠內藏器甲揚言汴師葬羅氏之女紹威密令人於兵

仗庫斷弓絃共甲襻夜會汴人擐甲持戈攻殺牙軍牙
軍覺之排闥入庫而弓甲無所施勇也全營殺盡仍破
其家人謂牙軍从盛宜其死矣紹威雖豁素心而紀綱
無有漸爲梁祖陵制竭其帑藏以奉之怨恚腳瘡痛不
可忍意其牙軍爲祟乃謂親吏曰聚六州四十三縣鐵
打一箇錯不成也紹威卒其子周翰繼之俄而移鎮滑
臺羅氏大去其國矣

燕王劉仁恭異夢

劉仁恭微時曾夢佛旛於手指飛出或占之曰君年四十九必有旌幢之貴後如其說果為幽帥自破太原軍於安塞城後士兵精强孩視鄰道發營管内丁壯三十萬南取鄴中圖袁曹之霸先下甘陵無少長悉坑之初治甘陵城下有鵂鶹數頭飛下幄帳内逐之復來仁恭惡之竟為魏軍汴軍夾攻大敗之殺其名將單可及仁恭單馬而遁于時軍敗於内黄爾後汴帥攻燕亦敗於唐河他日命使聘汴汴帥開宴俳優戲醫病人以譏之

且問病狀内黄以何藥可瘥其聘使謂汴帥曰内黄可以唐河水浸之必愈賓主大笑賞使乎之美也

北夢瑣言卷十四

欽定四庫全書

北夢瑣言卷十五

宋　孫光憲　撰

披褐至殿門

天復元年鳳翔李茂貞請入覲奏事朝廷允之益軍容使韓全誨與之交結昭宗御安福樓茂貞涕泣陳匡救之言時崔允密奏曰此姦人也未足為信陛下宜寛懐待之翌日宴於壽春殿茂貞肩輿衣駞褐入金鑾門易

服赴宴咸以為前代跋扈未有此也時韓全誨深相交結崔允懼之自此亦結朱全忠竟致汴州迎駕與鳳翔連兵刼遷入洛之始識者以王子帶名戎崔允比之先是茂貞入闕焚燒京城是宴也俳優安轡新號茂貞為火龍子茂貞慚惕俛首宴罷有言他日須斬此優轡新聞之請假往鳳翔求救茂貞遥見詬之曰此優窮也胡為敢來轡新對曰只要起居不為求救近日京中且賣麩炭可以取濟茂貞大笑而厚賜赦之也

朱全忠迎駕於鳳翔

軍容使韓全誨以駕幸鳳翔李茂貞比懷挾帝以令諸侯之意懼朱全忠之盛也西川王公建亦有此慮乃結汴州同起軍助其迎駕汴軍傳（一作傅）城州（一作川）軍乃攻興元其帥王萬洪以無救援遂降成都由是山南十四州並為蜀有方變謀却助鳳翔於時命掌書記韋莊奉使至軍前朱公大怒自此與西川失歡而汴帥軍罷

韓建賣李巨川

李巨川有筆述歷舉不第先以仕偽（一作為）襄王與唐彥謙俱貶於山南褒帥楊守亮優待之山南失守隨致仕楊軍容復恭與守亮同奔北投太原導行者引出華州復恭為韓建挫辱楊罵為奴以短褐蒙之斃於枯木守亮檻送至京斬於獨栁樹京城百姓莫不沾涕此即南山一大黑本姓訾黃巢時多救護導引朝士令趨行在人有逃黃巢而投附皆濟之由是人多感激也巨川為韓建副使朱令公軍次於華用張濬計先取韓建其幕

客張策攜印率副使李巨川同詣轅門請降朱公謂曰車駕西幸皆公所教也建曰某不識字凡朝廷章奏鄰道書檄皆巨川掌之因斬之識者謂韓建無行求解怒於朱公遂為所賣時人寃之巨川有子慎儀仕後唐為翰林學士唯張策本與張濬有分攜印而降叶濬之謀後仕至梁相朱公既得韓建以兄呼之尋奏移許昌一作田

梁鳳歷初亦遇害也

天子賜勲臣詩

德宗皇帝好為詩以賜容州戴叔倫文宗宣宗皆以詩賜大臣昭宗駐蹕華州以歌辭賜韓建以詩及楊柳枝辭賜朱全忠所賜一也或以敬或以憚受其賜者得不求其義焉

朱令公為昭宗攏馬

汴帥朱公再圍鳳翔與茂貞軍戰于虢縣西槐林驛大敗岐軍橫屍不絕鮑氣聞於十里昭宗遂殺宦官韓全誨已下二十二人首宣示茂貞亦斬其義子繼筠首以

送於是車駕還宮朱令俛首馬前請罪涕泣攏帝馬行千步帝為之動容至京師以宰相崔允判六軍乃下詔誅宦官第五可範已下七百一十人又鳳翔駕前宰相盧光啓等一百餘人並賜自盡天復三年汴人擁兵殺宰相崔允京兆尹鄭元規劫遷車駕移都東洛既入華州百姓呼萬歲帝泣謂百姓曰百姓勿唱萬歲朕無能與爾等為主也沿路有思帝鄉之詞乃曰紇干山頭凍殺雀何不飛去生處樂況我此行悠悠未知落在何所

言訖泫然流涕行至陜府內宴皇后自捧玉盃以賜全忠內人唱歌全忠將飲酒韓建躡其足全忠懼辭醉而退至穀水而殺內人可證及隨駕五百人自是帝孤立矣

昭宗遇弑

昭宗遷都至洛左右並是汴人雖有尊名乃是虛器如在籠檻鬱鬱不樂朱全忠以諸侯盡有匡復之志慮帝有奔幸之謀時護駕朱友諒等聚兵殿庭許以衣食不

足帝方勞諭友諒引兵升殿帝顛仆入内軍士躡而追
之帝叱曰反耶友諒曰臣非敢無禮奉元帥之令帝奔
入御厨以庖人之刀斬數輩竟為亂兵所害内人李漸
滎裴正一等弑帝投刃而死又以朱友諒氏叔琮扇動
軍情請誅朱友諒氏叔琮以成濟之罪歸之友諒等臨
刑訴天曰天若有知他日亦當如我後全忠即位為子
友珪所弑竟如其言
請殺德王

輝王嗣位社宴德王裕已下諸王子孫並密為全忠所害德王帝之兄曾冊皇太子劉季述等廢昭宗冊為皇帝季述等伏誅令歸少陽院全忠以德王眉目疎秀春秋漸盛全忠惡之請崔允密啟云太子曾竊寶位大義滅親昭宗不納一日駕幸福先寺謂樞密使將元暉曰德王吾之愛子何故頻令吾廢之又欲殺之言訖淚下因齧其中指血流全忠聞之宴罷盡殺之

謀害衣冠

輝王即位天祐中朱全忠以舊朝達官尚在班列將謀篡奪先俾剪除凡在周行次第貶降舊相裴樞獨孤損崔遠陸扆王溥大夫趙崇王贊等於滑州白馬驛賜自盡時宰相臣栁璨性陰狡貪權惡樞等在已之上與全忠腹心樞密使蔣元暉太常卿張廷範密友交結而害樞等俄而廷範轘裂元暉與栁璨及第瑶瑊相繼伏誅先是故相張濬一家並害而棄屍黄河朱公謀主李振累應進士舉不第尤憤朝貴時謂朱全忠曰此清流輩

宜投於黄河永爲濁流全忠笑而從之尒朱榮河陰之戮衣冠不是過也俄而輝王禪位封濟陰王於曹州遇酖而崩唐祚自此滅矣

誣何太后

朱全忠先以蔣元暉爲樞密使伺帝動靜積慶何太后以昭宗見害之後常恐不保旦夕曾使宫人阿秋面白元暉屬戒所乞它日傳禪之後保全子母性命言發無不涕零先是全忠速要傳禪名元暉到汴州責以太遲

元暉以傳禪先須封國授九錫之命俟次第行之全忠怒曰我不要九錫看作天子否元暉歸奔洛陽與宰相商量為趙殷衡誣譖云與太后交通欲延唐祚乃令殷衡逼殺太后及宮人而誅蔣元暉時人寃之趙殷衡後改姓孔名循亦莫知其實是何姓仕後唐明宗為宣徽使出為許昌滄州兩鎮時人知其狡譎傾險莫不憚之

為堂叔毋侍疾

唐天祐三年拾遺充史館脩撰崔琭進狀以堂叔毋在

孟州濟源私莊抱疾加甚無兄弟奉養無强近告投兼以年將七十地絶百里闕視欒膳不遑曉夕遂乞假躬往侍疾勑旨依允時人義之或曰避禍而享義名者亦智也

秦宗權訴不及

黄巢破後蔡州秦宗權繼為反逆兵力强鋭又復稱僭山東諸郡苦之十年之間屠膾生聚汴帥朱全忠盡節禦之宗權為部將申叢擒而折足囚縛朱全忠具表檻

送至京京兆尹孫揆率府縣吏閲之宗權即檻中舉首曰宗權非反也大尹哀之觀者因以為笑

李摩雲擲鉢從事

李罕之河陽人也少為桑門無賴所至不容曽乞食於滑州酸棗縣自旦至晡無與之者擲鉢于地毀僧衣投河陽諸葛爽為卒罕之即僧號便以為名素多力或與人相毆毆其左頰右頰流血爽尋署為小校每遣討賊無不擒之蒲絳之北有摩雲山設堡柵于上號摩雲寨

前後不能攻取時罕之下焉自此號李摩雲累歷郡侯

河南尹節將宫至侍中卒於汴州荆南成汭之流也自唐至梁闕下

北夢瑣言卷十五

北夢瑣言卷十六

宋 孫光憲 撰

以酒致禍

梁祖圖霸之初壽州刺史江彦温以郡歸我乃遣親吏張從晦勞其勤而從晦無賴酒酣有飲徒何藏耀者與之偕甚昵每事悞褻從晦致命于郡彦温大張樂邀不至乃與藏耀食于主將家彦温果疑恐曰汴王謀我矣

不然何使者之如是也乃殺其主將連誅數十人而以狀白其事既而又疑懼曰訴其腹心亡我族矣乃自縊而死梁祖大怒按其事腰斬從晦留藏要裂其禁械斬于壽春市祿光子曰後唐明宗皇帝時董璋據東川將有跋扈之心于時遣客省使李仁矩出使梓潼仁矩比節使下小校驟居納職性好狎邪元戎張筵託以寒熱召之不至乃與營妓曲宴璋聞說甚怒索馬詣館遽欲害之仁矩鞹足端簡門迎璋怒稍觧他日作叛兩川舉

兵並由仁矩獻謀於安重誨之所致也

蜀使洪飲

梁太祖初兼四鎮先主遣押衙潘岏持聘岏飲酒一石不亂每攀讌飲禮容益莊梁祖愛之飲酣梁祖曰押衙能飲一盤器物乎岏曰不敢乃簇在席器皿次第注酌岏並飲之岏愈溫克梁祖謂其歸館多應傾瀉困卧俾人偵之岏簪笏鞾冠子秤所得酒甕滌而藏之他日又遣押衙鄭頊持聘梁祖問以劔閣道路頊極言危峻梁

祖曰賢主人可以過得項對曰若不上聞恐悞令公軍機梁祖大笑此亦近代使令之美者也

朱瑾殺兄

朱瑾之據兗州梁祖攻之未克其從父兄齊州刺史瓊先降與瓊同詣壁下以曉之瑾乃遣都虞候胡規出獻欵曰兄已降願貸瑾不死請以鎮委吏既而啟延壽門陳牌印于笥曰兄來請先奉此梁祖命瓊受之葛從周疑詐選勇士孫少迪等伏廐以馭瓊曰彼力屈不足疑

瓊進前受印斋瑾單馬曰兄獨來密語耳始相及瑾令驍卒董懷進勾曳瓊所馬乃發所匿刃殺瓊勾曳突出牽入之須臾城上鼓譟擲瓊首於埤池我軍失色梁祖哀慟久之斬軍謀徐厚署瓊弟玭為齊州防禦使思禮殊厚瑾竟棄城投楊州

馬景設詐

梁祖宿兵岐下以迎昭宗敵壘尚堅且思班退親從指揮使高季昌抗言曰天下雄傑窺此舉者一載矣今姦

黨已窘更少俟之季昌乃密募人入岐為告事者有騎卒馬景應命因朱友倫總騎軍且一作因至將大出兵逆景請其時給駿駟雜所出隊中十許里躍馬西逸叩岐闉以軍怨東遁為告且言列寨留卒尚方俟夕將遁宜速掩之當落我機内矣夫是往也決無生理願録其妻孥梁祖悽然止其行景固請乃徇之明日軍出諸寨屏匿如無人不十里果風騎卻走岐人納之不失厥料岐軍啟兩扉悉衆來我師宿已秣馬飽士中軍一鼓百營

俱進大破岐軍十不存三四馬李茂貞喪膽昭宗降詔還京始遂奉迎矣功歸高公而馬景妻孥倍加軫卹且解揚以守正而忠不顧其身也馬景以死命行詐非圖身也人之難事唯景有之

朱延壽妻王烈女

宣州田頵壽州朱延壽將舉軍以背楊行密請杜荀鶴持箋詣淮都俄而事泄行密悉兵攻宛陵延壽飛騎以赴俱為淮軍所殺延壽之將行也其室王氏勉延壽曰

顧日致一介以寧所懷一日介不至王氏曰事可知矣乃部分家僮悉授兵罷遽闔州中之扉而捕騎已至不得入遂集家僮私阜帑發百燎廬舍州廨焚之急而稽首上告曰妾誓不以皎然之軀為仇者所辱乃投火而死古之烈女無以過也

木星入斗

唐乾符中荆州節度使晉公王鐸後為諸道都統時木星入南斗數夕不退晉公觀之問諸知星者吉凶安在

咸曰金火土犯斗即為災唯木當應為福耳咸或然之時有術士邊岡洞曉天文精通歷數謂晉公曰唯斗帝王之宮宿唯木為福神當以帝王占之然則非福於今必當有驗於後未敢言之他日晉公屏左右密問岡曰木星入斗帝王之兆木在斗中朱字也識者言唐世嘗有緋衣之讖或言將來革運或姓裴或姓牛以為裴字為緋衣牛字著人即朱也所以裴晉公度牛相國僧孺每罹此謗李衛公斥周秦行紀乃斯事也安知鍾於碭

山之朱乎

木中異文

梁開平中潞州軍前李思安奏壺關縣庶穰鄉人因伐樹倒分為兩片內有六字皆如左書曰天十四載石進石乃圖其狀以獻仍付史館爾後唐莊宗皇帝自晉王登位以為應之中間石氏自并門受國稱首朝湖南馬希範解釋此字表聞焉

薛貽矩畫讚

梁相國薛貽矩名家子擢進士第在唐至御史大夫先是南班官忌與北司交通天復中翦戮閹官貽矩嘗于他日齎唐帝命真讚悉紀於內侍省屋壁間坐是謫官他日齎唐帝命禪于梁仕至宰相

春磨寨

黄巢自長安遁歸與其衆屯於陳蔡間瀕河下寨連絡號八仙營于時蔡州秦宗權懼巢以城降之時既饑乏野無所掠唯捕人為食肉盡繼之以骨或碓擣或磑磨

咸用充飢天軍四合巢軍不利其黨駭散頻為雷電大雨淹浸其營乃與妻孥昆弟奔於太山狼虎谷為外甥林言斬首送徐州時溥下裨將李師鋭函首送成都行在也

梁祖脱難

梁祖親征鄆州軍次衛南時築新壘土工畢因登眺其上見烏飛止於峻堞之間而噪其聲甚厲副使李璠曰是烏烏也將有不如意之事其前軍朱友裕為朱瑄掩

撲拔軍而去我軍不知因北行遇朱瑄軍來迎(一作趣)梁祖策馬南走入村落間為賊所迫前有溝坑頗極深廣倉(一作忽)遽之際忽見溝內蜀黍稈積以為道正在馬前遂騰躍而過因獲免馬副使李璠都將高行思為賊所殺張歸守為殿騎援戈力戰僅得生還被十四五箭乃知衛南之烏先見之驗也

梁祖夢丁會

丁會為昭義節帥常懼梁祖雄猜疑忌功臣忽謂敬翔

曰吾夢丁會在前祗候吾將乘馬欲出圍人以馬就臺忽為丁會跨之以出時夢中怒叱喝數聲因驚覺甚惡之是月丁會舉潞州軍民歸河東矣

殿棟折墜

梁祖末年多行誅戮一夕寢殿大棟忽墜於御榻之上初聞土落於寢帳上乃驚覺久之又聞有小木墜於帳頂間遂㦬然下牀未出殿門其棟乃墜遲明召諸王近臣令觀之夜來驚危幾不相見由是君臣相泣又曰驚

憂之時如有人引頭於寢閤門内云裏面莫有人否所以忽忙奔起得非宫殿神乎他日又游於大内西九曲池泛鷁舟於池上忽聞傾側上墮於池中宫嬪并内侍從官並躍入池扶策登岸移時方安爾後發瘤疾竟罹其子郢王友珪弑逆之禍舟傾棟折非佳事也

梁祖圍棗強事

梁祖末年用軍不利河北數鎮不順其命一旦躁撓堅要親征師次深州界遂令楊師厚分兵攻棗强縣半浹

旬方拔其壘是邑也池湟堅牢人心獷悍晝夜攻擊以至疲竭既陷之日無少長皆屠之時有一百姓來投軍中李周彝收於部伍間乃謂周彝曰請一劒願先登以収其城未許間忽然抽茶擔子揮擊周彝頭上中擔幾仆于地左右乃擒之元是棗强城中遣來令詐降本意欲窺弄梁軍招討使楊師厚斯人不能辦誤中周彝是知河朔之民勇勁如此

仇殷召課

梁司天監仇殷術數精妙每見吉凶不敢明言稍關逆耳祕而不說往往罰俸蓋懼梁祖之好殺也梁自昭義失守符道昭就擒柏一作百下同鄉不利王景仁大敗皆為太原節使嗣晉王李存勗之所挫也方懷子孫之憂唯柏鄉狼狽亦自咎云違犯天道不取仇殷之言也

北夢瑣言卷十六

北夢瑣言卷十七

宋　孫光憲　撰

梁祖為傭保

梁祖宋州碭山縣午溝里人本名温賜名全忠建國後改名晃家世為儒祖信父誠皆以教授為業誠蚤卒有三子俱幼母王氏攜養寄於同縣人劉崇家昆弟之中唯温狡猾無行崇母撫養之崇兄弟嘗加譴杖一日偷

崇家釜而竄為崇追回崇母遮護以免朴責善逐走鹿
往往及而獲之又崇母常見其有龍蛇之異他日與仲
兄存入黄巢中作賊伯兄昱與母王氏尚依劉家温既
辭去不知存亡及温領鎮於汴盛飾輿馬使人迎母於
崇家王氏皇恐辭避深藏不之信謂人曰朱三落拓無
行何處作賊送死焉能自致富貴汴帥非吾子也使者
具陳離鄉去里之由歸國立功之事王氏方泣而信是
日與崇母並迎歸汴温盛禮郊迎人士改觀崇以舊恩

位至列卿爲商州刺史王氏以温貴封晉國太夫人仲兄存於賊中爲矢石所中而卒温致酒於母歡甚語及家事謂母曰朱五經辛苦業儒不登一命今有子爲節度使無忝先人矣母不懌良久謂温曰汝致身及此信謂英特行義未必如先人朱二與汝同入賊軍身死蠻徼孤男稚女艱食無告汝未有恤孤之心英特即有諸無取也温垂涕謝罪即令召諸兄子皆至汴友倫皆立軍功位至方鎮

梁祖張夫人

梁祖魏國夫人張氏碭山富室女父蘣曽為宋州刺史温時聞張有姿色私心傾慕有麗華之歎及温在同州得張於兵間因以婦禮納之温以其宿款深加敬異張賢明有禮温雖虎狼其心亦所景伏每軍謀國計必先延訪或已出師中途有所不可張氏一介請旋如期而至其信重如此初收兖鄆得朱景妻温告之云彼既無依寓於輜車張氏遣人召之瑾妻再拜張氏荅拜泣下

謂之曰兗鄆與司空同姓之國昆仲之間以小故尋戈致吾姒如此設不幸汴州失守妾亦似吾姒之今日也又泣下乃度為尼張恒給其費張既卒繼寵者非人及僭號後大縱朋淫骨肉聚麀惟薄荒穢以致友珪之禍起於婦人始能以柔婉之德制豺虎之心如張氏者不亦賢乎

朱邪先代

河東李克用其先回紇部人世為蕃中大酋受唐朝官

職太宗於北方沙陁磧立沙陁府以招集降户後克用
祖朱邪執宜與其父曽依吐蕃背吐蕃歸朝徳宗於鹽
州置陰山府以執宜為都督後遷於神武川黄花堆之
别墅即今應州是也執宜生赤心以討徐州龎勛功賜
國姓并名號李國昌懿宗問其先世所出云本隴西金
城人依寓吐蕃帝曰我先與汝同鄉里勑令編籍鄭王
房始為雲州大同軍節度次授鄜延振武代北三節度
其姪克讓為羽林將軍其子克用最為名以破黄巢功

為太原節度使子存朂平梁蜀奄有中原追尊執宜號懿祖國昌號獻祖克用號太祖皇帝太祖在姙十三月載誕之夕母后甚危令族人市藥於鴈門遇神人教以率部人被介持旄擊鉦鼓躍馬大噪環所居三周而止果如所言而生是日紅一作虹光燭室白氣充庭井水暴溢及能言喜道軍旅年十二三能連射雙鳥至於樹葉針鋒馬鞭皆能中之曾於新城北以酒酹毗沙門塑像請與僕交談天王被甲持矛隱隱出於壁間或所居帳

内時如火聚如有龍形人皆畏之嘗隨獻祖征龐勛軍陣出没如神號為飛虎將眇一目時號獨眼龍功業磊落不可盡述或云睛邪非眇也

親王拜蕃侯

唐乾寧中鳳翔李茂貞華州韓建邠州王行瑜擁兵脅君誅戮宰輔焚燒宮闕初帝西幸鳳翔昭宗出居石門莎城太原克用領蕃漢馬步入京三鎮大懼是年破邠州斬王行瑜昭宗嘉奬倚賴命延王丕丹王允賫詔賜

李公衣服兼令二親王設拜以兄事之近古未有也仍封晉王以寵之延王才識過人聰悟辯慧在晉陽留宴累月每獻酬樂作必為晉王起舞後為韓建所殺

李習吉溺黄河

太原李克用自渭北班師次河西縣王珂於氷上搆浮航公渡浮航馬足陷橋李習吉從馬軼墜河習吉浮氷舟人拯之獲免王珂懼公謂曰公之於吾非機橋者何嫌之有李諫議有聞於時則不吾知也置酒笑樂而罷

習吉右相林甫之後應舉不第黄巢後游於河東攝榆次令李公辟為掌記牋檄之捷無出其右梁祖每讀河東書檄嘉歎其才顧敬翔曰李公計絶一隅何幸有此人如鄙夫之智算得習吉之才筆如虎之得翼也其見重如此

周式抗梁祖

梁祖陷邢州敵軍攻王鎔于常山趙之賓佐有周式者性慷慨有口才謂王鎔曰事急矣速決所向式願為行

人即出見之梁祖曰王公朋附并汾違盟爽信獘賦已及於此期于無舍式曰明公為唐室之桓文當以禮義而成霸業王氏今降心納質願脩舊好明公乃欲窮兵黷武殘滅同盟天下其謂公何梁祖笑引式袂謂之曰與公戲耳鎔即送牛酒幣貨數萬犒汴軍仍令其子入質于汴因而解圍近代之魯仲連也

宦官陰謀

唐昭宗以宦官怙權驕恣難制常有誅翦之意宰相崔

允嫉忌尤甚上勑允凡有密奏當進囊封勿於便殿啟奏以是宦者不之察韓全誨等乃訪京城美婦人數十以進求宮中陰事天子不之悟允謀漸泄中官以重賂甘言請藩臣以為城社視崔允眥裂時允伏臘讌聚則相向流涕辭旨訣別會汴人寇同華知崔允之謀於是韓全誨引禁軍陳伏兵逼帝幸鳳翔他日崔允與梁祖叶謀以誅閹宦未久禍亦及之庚午絶滅識者歸罪於崔允先是其季父安潛嘗謂親知曰滅吾族者必緇兒

也緇兒即允小字河東晉王李克用聞允所為謂賓友曰助賊為虐者崔允乎破國亡家必在此人也

晉王上源驛遇難

晉王李克用妻劉夫人常隨軍行至於軍機多所宏益先是汴州上源驛有變晉王憤恨欲回軍攻之夫人曰公為國討賊而以杯酒私忿必若攻城即曲在於我不如回師自有朝廷可以論列於是班退天復中周德威為汴軍所敗三軍潰散汴軍乘我晉王危懼與周德威

議欲出保雲州夫人曰存信本北方牧羊兒也焉顧成敗王常笑王行瑜棄城失勢被人屠割今復欲效之何也王頃歲避難達靼幾遭陷害賴遇朝廷多事方得復歸今一旦出城便有不測之變焉能遠及此晉王止行居數日亡散之士復集軍城安定夫人之力也

劉鄩忠于舊主

王師範之鎮青州以部將劉鄩竊據兖州先是汴將葛從周鎮於是邦因出征劉鄩將圖兖也詐為茶商苞苴

鎧甲大起店肆剖巨木藏兵伏而入竊發之日得其徒千人據其府舍升堂拜從周之母仍以禮待其妻子子弟職掌妻孥供億如常俄而從周攻其城梯轒雲合鄩以板輿請從周母登城諭從周曰劉將軍待我不異於兒新婦已下並不失所從周在城下歔欷即時退舍及青州兵敗師範納欵梁祖遣使諭鄩鄩曰臣知王公脩好與梁國通盟但臣本受王公之命保有州城一旦見其勢窮擅命不顧非盡心於所事也僕俟王公之命俛

首非晚至是師範諭之方以城歸梁祖多其義超擢非
次官至方鎮為梁之名將

駮昭宗諡號

昭宗先諡聖穆景文孝皇帝廟號昭宗起居郎蘇楷等
駮議請改為恭靈莊閔皇帝廟號襄宗蘇楷禮部尚書
蘇循之子乾寧二年應進士楷人才寢陋兼無才行昭
宗惡其濫進率先黜落由是怨望專幸邦國之災其父
循姦邪附會無譽於時故希旨苟進梁祖識其險詖滋

不悦時為敬翔李振所鄙梁祖建號詔曰蘇楷高貽休
蕭閨禮皆人才寢陋不可塵汚班行並停見任放歸田
里蘇循可令致仕河朔人士目蘇楷為衣冠土梟
晉世子入覲賜𪇰鶒酒器
莊宗年十一從晉王討王行瑜初令入勤獻捷昭宗一
見駭異之曰此子有奇表乃撫其背曰我兒將來之國
棟勿忘忠孝於吾家乃賜𪇰鶒酒卮翡翠盤十三讀春
秋畧知大義騎射絶倫其心豁如采録善言聽納容物

殆劉聰之比也又云昭宗曰此子可亞其父時人號曰亞子

鄴王偷江東詩

鄴王羅紹威喜文學好儒士每命幕客作四方書檄小不稱旨壞裂抵棄自劈牋起草下筆成文又癖於七言詩江東有羅隱為錢鏐客紹威申南阮之敬隱以所著文章詩賦酬寄紹威大傾慕之乃目其所為詩集曰偷江東今鄴中人士多有諷誦

魏博衙軍

魏博富雄列侯專地唐朝三百年唯姑息之羅紹威憤衙軍制已密聞梁祖表裏應接算殺之楊師厚後入魏城揖出羅周翰因而代之師厚卒梁以賀德倫領鎮分其土宇創立相貝為節鎮減其力用三軍作亂脅持德倫背梁歸晉其狀詞云屈原哀郢本非怨望之人樂毅辭燕且異傾邪之行晉王覽狀擁兵親臨先數張彥脅主虐民罪而斬之便以張彥親軍五百人帶甲持仗環

馬而行晉王寬衣緩帶略無猜間衆心大服他日資魏博兵力稱健竟平河南也衙軍自羅紹威殺戮後又迫脅賀德倫復用兵持趙在禮天成初赴行在于時又殺三千家乃世襲兇惡也

縛驢戴旂

晉王之入魏博劉鄩先屯洹水寂若無人因令覘之云城上有旂幟來往晉王曰劉鄩一步一計未可輕進更令審探果縛芻為人揷一作縛旂於上以驢負之循堞而

行故旂幟嬰城不息問城中羸老者曰軍去已二日矣

果趨黃澤欲寇太原以霖潦不克進其計謀如是

北夢瑣言卷十七

北夢瑣言卷十八

宋 孫光憲 撰

楊千郎

莊宗異母弟存乂即郭崇韜女壻伏誅先是郭崇韜既誅之後朝野駭惋議論紛然莊宗令閹人察訪外事言存乂於諸將坐上訴郭氏之無罪其言怨望又於妖術人楊千郎家飲酒聚會攘臂而泣楊千郎者魏州賤民

自言得墨子術於婦翁能役使陰物帽下名食物果實之類又蒱博必勝人有拳握之物以法必取又說煉丹乾汞易人形破扃鐍貴要間神奇之官至尚書郎賜紫其妻出入宮禁承恩用事皇弟存乂常朋淫於其家至是與存乂同罹其禍

娠子能語

後唐明宗皇帝微時隨蕃將李存信巡邊宿於雁門逆旅逆旅媪方娠帝至媪慢不得具食腹中兒語謂母曰

天子至宜速具食聲聞於外媪異之遽起親奉庖爨敬事尤謹帝以媪前倨後恭詰之曰公貴不可言也問其故具道娠子腹語事帝曰老媪遜言懼吾辱耳後果如其言

明宗不伐

明宗始在軍中居常唯治兵仗不事生產雄武謙和臨財尤廉家財屢空處之宴如也太祖欲試以誠召於泉府命恣意取之所取不過束帛數緡而已所得賜與必

分部下戰勝凱還儕類自伐帝徐言曰人戰以口我戰以手衆皆心服其能

明宗獨見

莊宗晏駕明宗皇帝為將相推舉霍彥威孔循上言唐運已衰請改國號明宗謂藩邸近侍曰何為政正朔左右奏曰先帝以錫氏宗屬為唐雪寃讐為昭宗皇帝後國號唐今朝之舊人不欲殿下稱唐請更名號耳明宗泣下曰吾十三事獻祖洎太祖至先帝冐刃血戰為唐

室雪冤身編宗屬武皇功業即吾功業也先帝天下即吾天下也兄亡弟紹於意何嫌運之衰隆吾當身受於是不改正朔人服帝之獨見也

莊宗諸弟遇害

趙在禮作亂諸將擁明宗入闗未到間從馬馬直從謙攻興教門帝母弟存渥從上戰及宮車晏駕存渥與劉皇后同奔太原至風谷為部下所殺劉皇后欲出家為尼旋亦殺之存霸先除北京留守亦自河中至太原兵

衆請殺存霸以安人心符彦超不能禁時存霸已翦髮衣僧衣謁彦超願為山僧竟不免也存紀存確匿於南山民家人有以報安重誨重誨曰主上已下詔尋訪帝之仁德必不加害不如密旨殺之果併命於民家後明宗聞之切讓重誨傷惜久之

劉皇后笞父

莊宗劉皇后魏州成安人家世寒微太祖攻魏州取成安得后時年五六歲歸晉陽宫為太后侍者教吹笙及

笄恣色絶衆聲伎亦所長太后賜莊宗為韓國夫人侍者後誕皇子繼岌寵待日隆他日成安人劉叟詣鄴宫見上稱夫人之父有内臣劉建豐認之即昔日黄鬚丈人后之父也劉氏方與嫡夫人爭寵皆以門族誇尚劉氏恥為寒家白莊宗曰妾去鄉之時妾父死於亂兵是時環屍而哭妾固無父是何田家翁詐偽及此乃於宫門笞之其實后即叟之長女也莊宗好俳優宫中暇日自負蓍囊藥篋令繼岌破帽相隨似后父劉叟以醫卜

為業也后方晝眠及造其臥內自稱劉衙推訪女后大恚笞繼岌然為太后不禮復以韓夫人居正無以發明大臣希旨請冊劉氏為皇后議者以后出於寒賤好興利聚財初在鄴都令人設法稗販所鬻樵蘇果茹亦以皇后為名正位之後凡貢奉先入後宮唯寫佛經施尼師他無所賜闕下諸軍困乏以至妻子餧殍寧相請出內軍俵給后將出粧具銀盆兩口皇子滿喜等三人令鬻以贍軍一旦作亂亡國滅族與夫褒姒妲己無異也

先是莊宗所為俳優名曰李天下雜於塗粉𤢪雜之間時為諸優朴扶摑搭竟為嚚婦恩伶之傾玷有國者得不以為前鑒劉后以囊盛金合犀帶四欲於太原造寺為尼沿路復遇皇弟存渥同簀而寢明宗聞其穢即令自殺

明宗誅諸凶

明宗即位之初誅租庸使孔謙歸德軍節度使元行欽鄧州節度温韜太子少保段凝汴州麴務辛廷蔚李繼

宣等孔謙者魏州孔目吏莊宗圖霸以供饋兵食謙有
力焉既為租庸使曲事嬖倖奪宰相權專以聚歛為意
剥削為端以犯衆怒伏誅元行欽為莊宗愛將出入宫
禁曽無間隔害明之子從璟以是伏誅段凝事梁梁以
姦佞進身至節將末年綰軍權束手歸朝温韜兇惡發
掘西京陵寢莊宗中興不寘其罪厚賂伶官閹人與段
凝皆賜國姓或擁旄鉞明宗采衆議而誅之辛庭蔚開
封尹王瓚之牙將也朱友貞時廷尉依瓚勢曲法亂政

汴人惡之李繼宣汴將孟審澄之子亡命歸莊宗劉皇后蓄為子時宫掖之間穢聲流聞此四兇帝在藩邸時惡其為人故廢罷之莊宗皇帝為唐雪恥號為中興而温韜毀發諸帝陵寢宜加大辟而賜國姓付節旄由是知中興之説謬矣

韓伊二妃 夏夫人附

莊宗皇帝嫡夫人韓氏後為淑妃伊氏為德妃契丹入中原石氏乞降宰相馮道尊册契丹主大張晏席其國

母后妃列坐同宴王嬙蔡姬之比也夫人戞氏最承恩
寵後嫁契丹突欲名李賛華所謂東丹王即安巴堅長
子先歸朝後除滑州節度使性酷毒侍婢微過即以刀
刲火灼戞氏少長宫掖不忍其兇求離婚歸河南節度
戞魯奇家今為尼也

無官酬勲

亂離以來官爵過濫封王作輔狗尾續貂天成初桂州
節度觀察使馬爾即湖南馬殷之弟本無功德品秩已

高制詞云爾名尊四輔位冠三師既非品秩升遷難以井田增亦此要語也議者以名器假人至此貫宜所以長歎息也

明宗命相

明宗入朝安重誨用事取謀於孔循舊相豆盧革韋說出官孔循不欲以河朔人入相極薦崔協而任圜力爭之云崔協者少者文字時人呼為無字碑有李琪者學際天人奕代軒冕論才校藝可敵時輩百人讒夫巧沮

忌害其能必舍李琪而相崔協如棄蘇合之丸取蛣蜣之轉也重誨笑而止然以孔循故終相之帝曰馮書記先帝判官與物無競可以相矣由是道與協並命而舍李琪識者惜之

明宗睿相

明宗遣皇子從榮出鎮鄴都或一日上謂安重誨曰從榮左右有詐宣朕令旨不接儒生多懦恐鈍恐鈍志相染朕方知之頗駭其事今此皇子方幼出臨大藩故選

儒雅賴其裨佐今聞此姦險豈朕之所望也鞫其言者
將戮之重誨曰若遽行刑又慮賓從聞後稍難安處且
望嚴戒遂止

明宗惡貪吏

明宗皇帝尤惡貪貨鄧州留後陶玘爲内鄉縣令成歸
仁所論稅外科配貶嵐州司馬掌書記王惟吉奪歷任
告勑配綏州長流百姓亳州刺史李鄴以贓穢賜自盡
面戒汝州刺史萇簡爲其貪暴汴州倉吏犯贓内有史

彦珣舊將之子又是駙馬石敬瑭親戚王建立奏之希
免死上曰王法無私豈可徇親由是皆就戮

誅不孝

緱氏縣令裴彦文事母不謹誅之襄邑人周威父為人
所殺不雪父寃有狀和解明宗降勑賜死

安重誨枉殺任圜

任圜昆弟五人曰圜圓圖回團雍穆有裕風采俱異圜
美姿容有口辨負籌畧平蜀後除黔南不行天成初入

相簡拔賢俊杜絶倖門憂國如家切於功名而安重誨

忌之常會於私第有妓善歌重誨求之不得嫌隙漸深

俄罷三司除太子太保歸磁州致仕因朱守殷作亂立

遣人稱制害之受命之日神氣不撓中外究痛清泰中

贈右僕射

北夢瑣言卷十八

欽定四庫全書

北夢瑣言卷十九

宋　孫光憲　撰

玉界尺

太傅致仕趙光逢仕唐及梁費於天成中文學德行風神秀異號曰玉界尺歷臺省入翰林御史中丞梁時同平章事時以兩登廊廟四退丘園百行五常不欺暗室縉紳仰之

周元豹

周元豹燕人少為僧其師有知人之鑒從游十年不憚卒苦遂傳其秘還鄉歸俗盧澄為道士與同志三人謁之元豹退謂人曰適二君子明年花發俱為故人唯彼道士他年甚貴來歲二人果睹零落盧果登庸後歸晉陽張承業猶重之言事多中承業俾明宗易衣列於諸校之下以他人請之曰此非也元豹指明宗於末坐曰骨法非常此為內衙太保乎或問前程唯云末後為鎮

帥明宗憂皇后方事巾櫛有時忤旨大犯櫝楚元豹曰此人有藩侯夫人之相當生貴子其言果驗凡言吉凶莫不神中事多不載明宗自鎮帥入纂謂侍臣曰周元豹昔曾言朕事諸有徵可詔北京津置赴闕趙鳳曰袁許之事元豹所長若詔至輦下即爭問吉凶恐近於妖惑乃令就賜金帛官至光祿卿年八十而終又聞嘗與蜀高祖預說符命嗣主至於雲龍將相其言無不符驗果異乎哉

老盎貪

禮部尚書崔貽孫年八十求進不休其囊橐之資素有貯積性好干人喜得小惠左降之後二子爭財甘旨醫藥咸不供侍書責其子曰生有明君真宰死有天曹地府無為老朽豈放爾邪為縉紳之笑端

解元龜進詩

道士解元龜本西蜀節將下軍校明宗入纂言自西來對於便殿詩歌聖德自稱太白山正一道士上表乞西都留守兼三州一作川制置使要脩西京宮闕上謂侍臣

曰此老耄自遠來朝此期別有異見乃為身名甚切堪笑也時號知白先生賜紫期乃狂妄人也

擊碎舍利

天成中有僧於西國取經回得一佛牙舍利十粒行以程上進其牙大於拳褐漬皴裂趙鳳言於執政曰曾聞佛牙鎚鍛不壞請試之隨斧而碎時宮中以施數千聞毀碎方遂擯棄之云云此僧號智明幽州人僕嘗識之

崔協對敭

明宗問宰相馮道盧質近日喫酒否對曰質曾到臣居
亦飲數爵臣勸不令過度事亦如酒過即患生崔協强
言於坐曰臣聞食醫心竟酒極好不假藥餌足以安心
神左右見其膚淺不覺哂之

降龍大師

五臺山僧誠慧其徒號為降龍大師鎮州大水壞其南
城誠慧曰彼無信心吾使一小龍警之自言能役一作飛
使毒龍故也同光初到闕權貴皆拜之唯郭崇韜知其

為人終不設拜京師旱迎至洛下祈雨數旬無徵應或以焚燎為聞懼而潛去至寺慚恚而終建塔號法雨大師何其謬也

魚目為舍利

澤州僧洪密請舍利塔洪密以禪宗謎語鼓扇愚俗自云身出舍利曾至太原豪民迎請婦人羅拜洪密既辭婦人於其所坐之處拾得百粒正人驗之皆枯魚之目也將辭云山中要千數番麄氊半日獲五百番其惑人

如此

姚洪忠烈 夏魯奇附

閬州守禦指揮使姚洪梁時經事董璋璋將判頻誘洪以大義拒之城陷被擒璋責之洪大罵璋曰老賊孤恩背主吾於爾何恩而云相負爾為李七郎奴掃馬糞得一臠殘炙感恩無盡今天子付以茅土結黨反噬爾本奴才即無恥吾忠義之士不忍為也璋怒令十人持刀割其膚然鑊於前自取啗食洪至死大罵不已明宗聞

之泣下置洪二子於近衛給賜頗優于時夏魯奇守遂州城破自刎而死並為忠烈也

座主門生同入翰林

封舜卿梁時知貢舉後門生鄭致雍同受命入翰林為學士致雍有浚才舜卿才思拙澀及試五題不勝困弊因託致雍秉筆當時議者以為座主辱門生同光初致仕

戲蕭希甫

蕭希甫進士及第有文才口辨多機數梁時不得意棄母妻渡河易姓名為皇甫教書莊宗即位於魏州徵希甫知制誥莊宗平汴洛希甫奉詔宣慰青其方知其母死妻嫁乃持服於魏州時議者戲引李陵書云老母終堂生妻去室後為諫議大夫性褊忿躁於進取疏宰相豆盧革韋說至於貶死又以毀訾宰臣責授嵐州司馬

明宗獎馮道

明宗謂侍臣曰馮道純儉頃在德勝寨所居一茅庵與

從人同器而食臥則芻藁一束其心晏如及以父憂退歸鄉里自耕耘樵采與農夫雜處不以素貴介懷真士大夫也

明宗戒秦王

明宗戒秦王重榮曰吾少鍾喪亂馬上取功名不暇留心經籍在藩邸時見判官論說經義雖不深達其旨大約令人開悟今朝廷有正人端士可親附之庶幾有益吾見先皇在藩時愛自作謌詩將家子文非素習未能

盡妙諷於人口恐被諸儒竊笑吾老矣不能免强於此
唯書義尚欲耳裏頻聞時從榮方聚雜進士浮薄之子
以歌詩吟詠為事上道此言規諷之或一日秦王進詩
上說於俳優敬新磨敬新磨贊美而曰勿誚秦王詩好
他阿爺平生愛作詩上大笑

詼諧所累

宰相馮道形神庸陋一旦為丞相士人多竊笑之劉岳
與任贊偶語見道行而復顧贊曰新相回顧何也岳曰

定是忘持兔園册來道之鄉人在朝者聞之告道道因授岳秘書監任贊授散騎常侍北中村墅多以兔園册教童蒙以是譏之然兔園册乃徐庾文體以鄙朴之談但家藏一本人多賤之也

明宗不樂進馬 張虔釗附

涇原帥李金全累歷藩鎮所在掊斂非時進馬上問其為治如何莫專以進馬為事雖黽勉受之聖旨不懌張虔釗多貪鎮滄州日因亢旱民饑發廩賑之方上聞

帝甚嘉奬他日秋成倍斗徵斂朝論鄙之虔釗好與禪
毳謎語自云知道心與口背唯利是求只以飯僧更希
福利議者以渠於佛上希利愚之甚也後叛入蜀取人
産業贖貨無厭蜀民怨之或説在蜀問一禪僧云如何
是舍利對曰垂置僦居即得舍利清河慙笑而已

康澄章疏

大理少卿康澄長興中上疏其要云是知國家有不足
懼者五深可畏者六勅旨襃稱之議者曰雖孫伏伽岑

文本章疏而澄可與易地而處矣

明宗諷孟鵠

孟鵠自三司勾押官歷許州節度使上曰鵠掌三司幾年得至方鎮樞密使范延光奏對曰孟鵠實幹事人以此至方鎮爭不免旃上心知其由徑忝冒故以此諷也

戮丁延徽

供奉官丁延徽巧事權貴人多擁護監倉犯贓合處極法侍衛使張從賓方便救之上曰食我厚禄偷我倉儲

期於決死蘇秦説吾不得非但卿言竟處死

北夢瑣言卷十九

北夢瑣言卷二十

宋　孫光憲　撰

見馬撫髀

上問范延光見管馬數對曰見管馬軍三萬五千上撫髀歎曰朕從戎四十年太祖在太原時騎軍不過七千先皇帝與汴軍校戰自始至終馬數纔萬今有鐵馬三萬五千不能使九州混一是吾養卒練士將帥之不至

也老者馬將奈何延光以馬數多國力虛耗為言上亦然之

受賂曲法

鎮州市人劉方遇家財數十萬方遇妻田氏早卒田之妹為尼常出入方遇家方遇使尼長髮為繼室有田令遵者方遇之妻弟也善貨殖方遇以所積財令令遵興殖也方遇有子年幼二女皆嫁方遇疾卒子幼不能督家業方遇妻及二女以家財素為令遵興殖乃聚族合

謀請以令遵姓劉為方遇繼嗣即令鬻券人安美為親族請嗣券書即定乃遣令遵服斬衰居喪而二女初立令遵時先邀每月供財二萬及後求取無厭而石李二女夫使二女詣本府論訴云令遵冒姓奪父家財令遵下獄石李二夫族與本府要吏親黨上至府帥判官行軍司馬隨使都押衙各受方遇二女賂錢數千緡而以令遵與姊及書券安美同情共盜倶棄市人知其寃府帥李從敏令妻來朝懼事發令內地彌縫侍御史趙都

嫉惡論奏明宗驚怒下鎮州委副使符蒙按問果得事實使親吏高知柔及判官行軍司馬及通貨僧人婦人皆棄市惟從敏初欲削官停任中官哀祈竟罰一季俸議者以受賂曲法殺人而八議之所不及失刑也安重誨誅後王貴妃用事故也

因事納諫

馮道對太子食有邪蒿師傅以其名邪令去之况人事乎上退問羣臣邪蒿之義范延光對無名之役不急之

務且宜罷之自安重誨伏誅而宦者孟漢瓊連宮掖之勢居中用事人皆憚之因宰臣奏對延光等深言邪蒿春冰虎尾之戒欲驚悟上意也上聖體乖和馮道對寢膳之間動思調衛因指御前果實曰如食桃不康翌日見李而思戒可也初上因御李暴得風虛之疾馮道不敢斥言因奏事諷悟上意

秦王輕佻

秦王重榮之為元帥輕佻淺露狎近浮薄列坐將帥而

與判官論詩未齊大位而許人禍福由是中外忌憚竟及誅敗上聞重榮伏誅悲駭幾落御榻氣絶復蘇者再由是不豫轉增以至晏駕自云我今日自作劉窟頭也

沈瀓曲江吟 温顗附

吳興沈瀓乃温庭筠諸甥也嘗言其舅善鼓琴吹笛亦云有絃即彈有孔即吹不獨柯亭爨桐也制曲江吟十調善雜畫每理髮則思來輒罷櫛而綴文也　有温顗者乃飛卿之孫憲之子仕蜀官至常侍無他能唯以隱

僻繪事為克紹也中間出官旋游臨邛欲以此獻於州牧為謁者拒之然温氏之洗貌陋時號鍾馗顗之子郢魁形克肖其祖亦以姦穢而流之

姜誌認父

姜誌許昌人自小亂離失其父母爾後仕蜀至武信軍節度使先是廐中宰人姜春者事之多年頻罹鞭朴一旦告老于國夫人請免馬廐之役而丐食於道路夫人愍之詰其鄉貫姻親兼云有一子隨軍入川莫知存亡

其小字身上記驗一一述之果誌之父也洎父子相認悲號殞絶誌乃授父杖俾笞其背以賞昔日所誤之事舉國嗟歎之此事川蜀皆知

王氏之知前生

唐四方館王鄠尚書自西京亂離挈家入蜀沿嘉陵江下至利州百堂寺前其弟年七歲忽云我曾有經一卷藏在此寺石龕内因令家人相隨訪獲之木梳亦存寺僧曰此我童子也較其所夭之年與王氏之子所生之

歲果驗也其前生父母尚存及長仕蜀官至令錄數任即王鄂近聞殁於雅斜往往靈語說事如平生又言我為陰官云云即記前生不誣也

舒溥三斥三遇

舒溥者萬州人粗解書記事前恩州刺史李希元往廣州謁嗣薛王歸裝甚豐于時蜀兵部毛文晏侍郎宣徽宋光葆開府前陵州王洪使君皆未宦達舒子竊資而奉之爾後三人繼登顯秩而恃此階緣多行無禮於恩牧因笞而遣之始依陵州王洪奏授井研令尋為王公

所鄙次依宋開府亦以不恭見棄轉薦於嘉牧顧珣珣承奉貴近誤奏為團練判官賜緋轉員外郎未久失意復疎俾俾其入貢仍假一表希除畿邑實要斥遠之邸吏知意表竟不行淹留經年乃經唐陳狀只望本分入貢之恩澤之相庭其兆面因依莫測本末優與擬議轉檢校工部郎中所謂三斥三遇也愚嘗覽吳武陵為李吉甫相所誤致及第因類而附之

于何博士 高諷附

于何博士相國駙馬悰之子仕蜀至五縛無他才俊止以貴公子享俸禄而已恥其官卑詣執政陳啟自述門閥其末云昔年入貢仕在花樹内韋吏部先德之即韋莊相也今日通班在新津馮長官小男之後即少常鋭也執政慙而慰之

有高颯者自云太尉諸孫霸旃三川而多忤物每徽歎求官不遂徧告人曰何不還我羅城來蓋以掌武所築蜀人安之其疎濶皆如此也

韋巽尫鈍周仁矩附

韋巽太尉昭度之子也尫懦蒙鈍率由婢嫗仕蜀先主以其事舊優容之至至卿監或為同列所譏云三公門前出死狗巽曰死狗門前出公又能酬酢也也周仁矩者即蜀相庠之子為駙馬都尉有才藻而庸劣國亡後與貧丐者為伍俾一人先道爵里於市肆酒坊之間人有哀者日獲三二百錢與其徒飲噉而已成都人皆嗟歎之

中令忍欲 王彦章附

唐鳳翔李曮令公牧蜀充饋運使於蜀城東門外下營魏王與郭侍中入居蜀宮玉帛子女他人無復見矣中令寂寞無以遣適潁川陳昭符仕蜀累剖作符早在岐山嶮有階緣而得侯謁人求一美人以獻之有蕭夫人者乃蜀先主之寵愛也曾賜與鳳翔歸降指揮使王胡（忘其名）賜名丞弇王胡乃岐王賜姓連彥字卒後蕭氏寡而無子其容態明悟國人具聞陳致媒氏誘之而獻抱衾之夕中令於窓隙中窺之歎其妍妙乃詰所來左右

方以王胡為對中令止之曰王胡背恩投蜀誠不可容然其何來吾之子姪矣此事不可遽令約迴時有知者皆重中令少年而思欲復禮誠貴達人難事潁川每為愚話之

周彥章本姓王以軍功為金吾衛使後主采選宮妓王有女甚美因命内人欲選入宮王乃按劒曰某是先皇令與周氏作義男本姓王為衆所聞也豈有王氏女而事王者乎因召左右小軍將無婦者以女衣襟結之便為夫妻爾後國變王乃領兵於大安樓前膂

後主誅君側韓昭等即其事也

何見鬼

王蜀時閬州人何奎不知何術而言事甚效既非卜相人號何見鬼蜀之近貴咸神之鬻銀之肆有患白癩者傳於兩世矣何見之謂曰爾所苦我知之矣我為嫁娉少環釧釵篦之屬爾能致之乎即所苦立愈矣白癩者欣然許之因謂曰爾家必有他人舊功德或供養之具存焉亡者之魂無依故遣為此祟但去之必瘳也患者

歸視功德堂内本無他物忖思久之老母曰佛前紗窓乃重圍時他人之物曾取而置之得非此乎遽令撤去仍脩齋懺其疾遂痊竟受其環釧之贈何生未遇不汲汲於官宦末年祈於大官自布衣除興元少尹金紫兼妻邑號子亦賜緋不之任便歸閬州而卒預知死期也雖術數通神而名器適分識者知後主之政悉此類也

孫卯齋

嘉州夾江縣人孫雄人號孫卯齋其言事亦何奎之流

偽蜀主歸命時内官宋愈昭將軍數員舊與孫相善亦
神其術將赴洛都咸問其將來昇沈僥首曰諸諸官記
之此去無災無福但行及野孤泉已來稅駕處曰孫雄
非聖人耶此際新舊使頭皆不見矣諸官皆疑之爾後
量其行邁合在咸京左右後主罹為詒之禍莊宗遇鄴
都之變所謂新舊使頭皆不得見之驗也愚同席備見
說故記之
馮見鬼

遂寧有馮見鬼忘其名似有所睹知人吉凶潁川陳絢為武信軍留後而劉令公知俊交替撫其舊事疊有奏論馮生謂潁川曰府主號元戎其前無旌節所引殆不久乎幸勿憂也未踰歲而彭城伏誅有官人林泳者本閩人也嘗謂僚友曰安有生人而終日見鬼乎無聽其妖馮聞之甚不平忒一日對衆謂之曰閣下為官多不克終蓋曾殺一女人為祟以公禄壽未盡莫致其便我能言其姓名公信之乎於是慚懼言誠於馮生許為解其

究也他皆類此
休公真率
沙門貫休鍾離人也風騷之外精於筆劄舉止真率誠
高人也然不曉時事往往詆訐他賢他亦不知己之是
耶非耶荆州成中令問其筆法非耶休公曰此事須登
壇而受非草草而言成令銜之乃遞於黔中因病以鶴
詩寄意曰見説氣清邪不入不知爾病自何來以詩見
意也馮涓大夫有大名於人間淪落於蜀自比杜工部

意謂他人無出其右休公初至蜀先謁韋書記莊而長樂公後至遂與相見欣然撫掌曰我與你阿叔有分長樂怒而拂袖他日謁之竟不逢迎乃曰此阿師似我禮拜也自是頻投刺字終為閽者所拒休公謂韋公曰我得得為渠入蜀何意見怪道門杜先生亦以此踈之國清寺律僧嘗許具蒿脯未得閒姜侍中宅有齋律僧先在焉休公次至未揖主人大貌乃拍手謂律僧曰乃嵩餅子何在其他皆此適類衢徒步行嚼果子未嘗跨馬時人甚重之

異乎廣宣棲白之流也

北夢瑣言二十卷富春孫光憲纂集唐末後梁後唐石晉時事此書乃武林人悦學家藏陝刊舊本令歸成芥庵夏隱君中間刊誤舛訛如日曰纂篡歡歎雖難闢闕禍福等字可以意改餘不敢强以俟别本訂之至正二十四年歲次甲辰五月七日寫起至二十七日庚寅輟卷華亭在家道人孫道明識于泗北村居映雪齋時年六十又八也連日梅雨時雨西南二鄉皆成巨浸豐年

未卜今日喜晴聊書記耳

丙辰五月侍疾於家因假琴川書屋所藏吳方山抄本核過吳本元缺第二十卷此本不知從何得也二十六日小暑節葉石君識

北夢瑣言卷二十

總校官舉人臣章維桓
校對官編修臣于鼎
謄録監生臣汪致基

圖書在版編目（CIP）數據

北夢瑣言 / (宋) 孫光憲撰. — 北京：中國書店，2018.8
ISBN 978-7-5149-2085-7

Ⅰ. ①北… Ⅱ. ①孫… Ⅲ. ①筆記小說 – 小說集 – 中國 – 五代 Ⅳ. ①I242.1

中國版本圖書館CIP數據核字(2018)第084810號

四庫全書・小説家類

北夢瑣言

作　　者　宋・孫光憲 撰
出版發行　中國書店
地　　址　北京市西城區琉璃廠東街一一五號
郵　　編　一〇〇〇五〇
印　　刷　山東潤聲印務有限公司
開　　本　730毫米×1130毫米　1/16
印　　張　31
版　　次　二〇一八年八月第一版第一次印刷
書　　號　ISBN 978-7-5149-2085-7
定　　價　一一六元（全二册）